하와이 아리랑

Hawaii Arirang

이민 가는 길 3

송전 **이 상 윤** 지음

도서출판 **얼레빗**

하와이 아리랑

Hawaii Arirang

이민 가는 길 3

차 례
(Contents)

책을 내면서
(Acknowledgements)

송전 **이상윤** (Lee sang ryun)

선산이 없는 낯선 곳 하와이에서

몹시 조상이 그리워

조용히 눈을 감고

옛 탯줄의 고향을 가만히 그려본다

'이민 온 제 2의 고향 (my second home)' 가운데서

그간 저의 이민생활 35년은 강산이 세 번이나 바뀔 만큼의 긴 세월이었습니다. 지난 시간을 돌이켜보니 말로 형언 할 수 없는 어려움의 연속이었으며 그 가운데서도 배고픔과 언어장벽은 저뿐만 아니라 초기 이민자들이 겪어야 했던 넘기 힘든 고비였을 것으로 생각합니다.

그러나 그 모든 난관과 어려움을 묵묵히 참아내면서 저는 저 자신의 내면에 깊이 내재해 있는 생각과 감정의 편린들을 조금씩 정리해가기 시작했습니다. 산 너머 샌디비치에 주룩주룩 쏟아지는 빗줄기를 바라보면서 "하와이 소낙비"라는 시를 지었고 아름다운 오하우섬을 화폭에 담아내면서 하와이의 모든 것을 시와 그림으로, 때로는 묵향 듬뿍 묻어나는 글씨로 그리고 조각 작품으로 신들린 듯 표현하였습니다. 그렇게 발표한 작품들을 하나 둘씩 모아 2001년에는 시집《이민 가는 길 1》, 2011년에는 시화집《이민 가는 길 2》을 펴냈습니다. 훌륭한 예술가들도 자신이 만들어낸 작품에 대한 평이 인색한데 하물며 저의 경우는 더 말할 나위가 없다고 생각합니다만 이번에 이민 35년을 결산하는 마음으로 부족하지만《하와이 아리랑, 부제 : 이민 가는 길 3》을 펴내기에 이르렀습니다.

이번 책에서는 그간 제가 살아온 하와이 이민 35년을 회상하는 하나의 획을 긋는다는 심정으로 저의 마음을 오롯이 담아내었습니다. 또한 꿈에도 잊지 못할 고향 진도를 떠나 이국 땅에 뿌리내리면서 겪어온 이야기가 녹아 있는 시와 그림, 붓글씨 그리고 심혈을 기울여 제작한 모형 사진도 실었습니다. 아울러 그간의 이민생활 체험담은 물론이고 아름다운 섬 하와이의 이모저모와 유학생들을 위한 조언 그리고 지금도 이민 가방을 싸고 있을 분들을 위한 이민 선배로 들려주고 싶은 이야기도 살가운 친정부모의 심정으로 소개했습니다.

한편, 이곳 하와이대학 한국학 센터에서 학생들에게 동양화와 붓글씨를 가르치면서 참고가 될 만한 길잡이 책이 있었으면 하는 평소 생각에서 동양화 입문과 사군자 그림 그리는 기법도 실었습니다. 난생처음 접하는 동양화와 붓글씨를 배우는 이들에게 나침반이 되었으면 하는 마음을 담은 것입니다.

또한 부록에는 심심풀이로 보는 사주궁합, 띠 별 운수, 건강지압, 전통혼례 따위도 다루었는데 이러한 것들은 35년간의 이민생활에서 필요하다고 생각한 것들로 삶이 팍팍할 때 꺼내 운수도 한번 보고 그리고 건강지압도 한번 해봄으로써 지친 심신을 잠시나마 쉬게 하고자 하는 마음에서 실었으니 곁에 두고 생활 속에서 응용한다면 저로서는 더 없는 기쁨 일 것입니다.

이민생활이 고단하다고는 하지만 마음을 활짝 열고 이웃을 받아들인다면 그 따스한 훈기가 우리를 외롭지 않게 할 것이라는 생각으로 살아왔습니다. 그동안 제가 하와이에서 펼쳐온 문화 활동을 아껴주시고 격려해주신 모든 분께 머리 숙여 깊은 감사 말씀 올립니다.

앞으로도 유구한 역사와 전통에 빛나는 한국의 우수한 문화를 하와이 땅에 심는 일에 열과 성을 다할 것을 여러분 앞에 다짐합니다. 여러분 가정에 건강과 넘치는 행운이 늘 함께 하시기를 진심으로 기원 드립니다.
고맙습니다.

2014년 2월 18일 하와이 이민 35년째 되는 날

송전 이 상 윤

Commendation
Presented to
Sang Lee
August 6, 2014

On behalf of the people of the State of Hawai'i, I extend a special *aloha* to Sang Lee for his exceptional contributions to the islands and our Korean community. Mr. Lee emigrated from Korea and has become a pillar of the community in his 35 years in the islands. Drawing on Korean traditions and the vitality of Hawai'i's unique mix of cultures, Mr. Lee's tremendous entrepreneurial spirit has found fertile ground here. As an artist himself, he brings a keen eye as President of Eastern Galley, LLC and strong leadership as president of local construction firm Leesang Builders, among many other ventures.

The warmth and vibrance of local culture requires both strong, living ties to traditions and proud voices to share those traditions with all of the communities making up Hawai'i's *ohana*. In this vein, I look forward to the publication of Mr. Lee's memoir, adding not only to his own legacy but the great mutual knowledge that strengthens the fabric of our society.

Mr. Lee has proven his dedication to reinforcing the past, present and future of the Korean community in Hawai'i. As an artist, he has made many contributions, including bringing to life an important piece of history, creating a tangible connection to the past via an impressive model of the first ship to bring Korean immigrants across the Pacific to Hawai'i. Despite his many responsibilities, Mr. Lee also gives generously of his time to a Korean language school, teaching students art and calligraphy. His teaching instills in these *keiki* an appreciation for the depth and elegance of Korean culture and empowers them to participate themselves.

I join Councilmember Ann H. Kobayashi in commending Mr. Lee for expressing his dedication to the community in so many powerful ways. He is one of the leaders who epitomizes what makes Hawai'i such a special place. I wish Mr. Lee enduring success in his future endeavors.

With warmest regards,

NEIL ABERCROMBIE
Governor, State of Hawai'i

하와이 주지사 **닐 애버크롬비** 축하메시지

하와이 주를 대표하여 이상윤 님의 회고록 출간을 진심으로 축하합니다. 이상윤 님은 한국에서 이민 와서 35년 동안 우리 하와이 사회의 기둥이 되셨고, 한국의 전통과 하와이의 독특한 문화를 소개하는 활동을 정열적으로 하고 계십니다.

또 이상윤 님은 탁월한 기업가 정신을 발휘하여 끊임없는 도전을 하시는 분입니다. 그는 예술가이며 이스턴갤러리 사장이고 또한 현지 건설업 <Leesang Builders>의 사장으로서 하와이 건축문화를 선도하고 계십니다.

우리는 하와이 문화 속의 강한 유대관계와 자신감 있는 목소리로 하와이를 하나로 만들 수 있어야 합니다. 이러한 점에서 저는 이상윤 님의 회고록이 당신의 유산만이 아닌 이 사회를 튼튼하게 만드는 서로의 큰 재산이 될 것이라는 믿음을 가지고 있습니다.

이상윤 님은 하와이 한국 이민사회의 과거와 현재에 헌신했으며 미래의 비전도 갖고 계신 분입니다. 특히 예술가로서 이상윤 님은 한국의 역사를 이곳 하와이 이민자와 현지인들에게 되찾아 주고 있는데 초기 이민자들을 싣고 온 모형 선박의 재현도 그러한 작업의 하나입니다.

또 그는 큰 책임감으로 하와이 한글학교에서 아낌없이 학생들에게 서예와 동양의 예술을 전수하고 있습니다. 그의 가르침 덕으로 학생들은 깊고 우아한 한국의 문화를 배우고 즐길 수 있어 모두 고마워하고 있습니다.

저는 앤 고바야시(Ann Kobayashi) 의원과 함께 이상윤 님의 크나큰 사회적 헌신에 대해 감사를 드리는 바입니다. 그는 하와이를 하와이답게 만드는 전형적인 지도자이십니다. 저는 이상윤 님이 미래에도 계속 큰 성과가 있기를 기대합니다.

August. 6. 2014

하와이 주지사 **닐 애버크롬비**

OFFICE OF THE MAYOR

CITY AND COUNTY OF HONOLULU

530 SOUTH KING STREET, ROOM 300 * HONOLULU, HAWAII 96813
PHONE: (808) 768-4141 * FAX: (808) 768-4242 * INTERNET: www.honolulu.gov

KIRK CALDWELL
MAYOR

EMBER LEE SHINN
MANAGING DIRECTOR

GEORGETTE T. DEEMER
DEPUTY MANAGING DIRECTOR

MESSAGE FROM MAYOR KIRK CALDWELL

I am pleased to congratulate Sang Ryun Lee on his significant contributions and achievements as an entrepreneur and artist.

You are an example of an individual whose expertise spans a number of different areas and can draw on this knowledge to succeed in several fields. As an accomplished businessman, you managed Lee Sang Builders, which was built upon your experience as a carpenter. As a carpenter, your finish work revealed the artist within you and provided the path to creating artwork and calligraphy. Poetry then arose from the flow of your calligraphic brush.

All of your great knowledge was also directed to teaching Korean-inspired art at the Eastern Gallery. Your contributions to Korean-American culture in our islands have been duly recognized and deeply appreciated by the community. You have demonstrated that with will and determination, people can accomplish great things and we can develop our capacity to the fullest. Our community anticipates the publication of your memoir and additional creative works in the future.

On behalf of the people of the City and County of Honolulu, I extend best wishes for continued success.

Kirk Caldwell

호놀룰루 시장 **커크 칼드웰**의 축하메시지

저는 이상윤 님이 이곳 하와이에서 사업가와 예술가로서의 뛰어난 업적을 이룬 것에 대하여 기쁘게 생각하고 또한 축하드립니다.

그는 다양한 분야의 전문지식을 가지고 있으며, 그 지식을 활용하여 각 분야에서 역동적인 성공을 거두었습니다. 이상윤 님은 오랫동안 쌓아온 건축경험으로 Leesang Builders 회사를 창립하여 경영하고 있습니다. 저는 그의 건축물을 보면서 다른 곳에서 느끼지 못하는 예술성과 동양의 서예기법까지 느끼게 하는 조화로운 작품이라는 생각을 하곤 합니다. 또한 그의 붓끝에서는 늘 아름다운 시가 태어나고 있음에 놀라움을 금치 못하고 있습니다.

저는 이상윤 님의 Estern Gallery, Lcc 에서 한국의 훌륭한 예술을 배우고 익혔습니다. 하와이 시민들도 그가 이 땅에 펼치는 한국문화의 우수성을 이해하고 배울 수 있는 기회를 주고 있음에 마음속으로부터 깊은 감사의 마음을 지니고 있습니다. 이상윤 님의 예술에 대한 정열은 이곳 하와이 사람들에게 큰 자극제가 되고 있으며 많은 사람들이 그의 투지를 거울삼아 최대한의 능력을 발휘하기 위해 노력하고 있습니다.

끝으로 우리는 이상윤 님의 회고록 펴냄을 축하드리고, 미래에 더 많은 창조적인 일을 이룩하시길 빕니다. 하와이 시청에 있는 사람들을 대표하여 앞으로 대활약을 진심으로 기원합니다.

호놀룰루 시장 **커크 칼드웰**

CITY COUNCIL
CITY AND COUNTY OF HONOLULU
530 SOUTH KING STREET, ROOM 202
HONOLULU, HAWAII 96813-3065
TELEPHONE: (808) 768-5010 • FAX: (808) 768-5011

ANN H. KOBAYASHI
COUNCILMEMBER, DISTRICT 5
CHAIR, COMMITTEE ON BUDGET
TELEPHONE: (808) 768-5005
FAX: (808) 768-1227
EMAIL: akobayashi@honolulu.gov

Congratulatory Message
From Councilmember Ann H. Kobayashi

It is my great pleasure to congratulate Sang Lee for his many accomplishments and services to the community.

Mr. Sang Lee portrays the perfect example of an immigrant from Korea who achieved success through hard work and perseverance. Currently, Mr. Lee is writing his memoir to share his life, knowledge, and experiences as an Asian immigrant living in Hawaii.

Residing in Honolulu for 35 years, Mr. Lee has established himself as a businessmen, real estate investor, well-known artist, author, and teacher. His numerous and diverse professional endeavors include president of Eastern Gallery, LLC, which specializes in oriental artwork, president of a skin and hair health company called World Actisor U.S.A. INC, and president and owner of a local construction company, Leesang Builders.

As an artist, Mr. Lee creates marvelous pieces that are rich in Korean culture and heritage. Accurately commemorating the proud history of Korean immigration, he crafted a model of the very first ship to sail the seas from Korea to America. This astonishing replica stands at six feet long, two feet wide, and three feet tall. Another work of art includes a carriage carrying a Korean bride and groom. This piece showcases a traditional Korean wedding and depicts the beauty of the Korean culture. In his spare time, Mr. Lee volunteers by teaching art and calligraphy to local children at a Korean language school.

Therefore, on behalf of the people of the City and County of Honolulu and the Honolulu City Council, I congratulate and commend Mr. Sang Lee on his dedication and commitment to the community. I further extend my best wishes for his continued success in all future endeavors.

Sincerely,

Ann H. Kobayashi
Councilmember, District V

한글번역문

호놀룰루 시의회 대표 **앤 고바야시** 축하메시지

이상윤 님의 하와이 사회에 대한 활약과 성과에 대해 축하할 수 있어 영광으로 생각합니다.

이상윤 님은 한국에서 온 이민자로서 힘든 이민생활을 특유의 인내심으로 극복하여 하와이 사회에서 큰 도움을 주시는 분입니다. 그는 이번에 아시아인으로 하와이에서 일군 풍부한 삶의 경험과 지식을 토대로 회고록으로 엮어 냈습니다.

그간 35년 동안 하와이에 살면서 이상윤 님은 사업가로서 뜻을 이루었고 시인, 서예가 그리고 유명한 화가로 예술가의 길을 걷고 있습니다. 그는 다양한 전문적 지식으로 Estern Gallery, Lcc의 대표로 동양의 예술을 하와이에 널리 소개하고 있으며 화장품 회사 World Actisor U.S.A Inc, 건설회사 Leesang Builders의 대표로도 활약하고 있는 분이십니다.

예술가로서 이상윤 님의 작품은 주로 역사와 전통이 유구한 한국의 문화를 표현하고 있습니다. 그는 한국에서 하와이 이민자를 태우고 온 첫 선박모형을 만들어 전시했습니다. 이 놀라운 작품은 길이 182㎝, 넓이 60㎝, 그리고 높이 91㎝의 대단한 작품입니다. 또한 한국의 신랑 신부가 타는 가마 작품을 비롯하여 한국의 전통 혼례식과 같은 한국문화의 아름다움을 하와이에 널리 알리는 작품도 많습니다. 그는 또 바쁜 생활 가운데 틈을 내 하와이 한글학교에서 현지 아이들에게 예술과 서예를 가르치는 봉사활동에도 앞장서고 있습니다.

이상윤 님께서 하와이 사회에 대한 지대한 공헌에 호놀룰루 시의회 대표로서 진심으로 감사드립니다. 앞으로도 이상윤 님께서 하시는 일에 좋은 성과가 있기를 기대합니다.

호놀룰루 시의회 대표 **앤 고바야시**

〈일본어 원본〉

文化人ー松田 李尙倫
総集第三著作・著作詩画集「ハワイ・アリランー移民への途上でⅢ」

在日本韓國文人協會　金里博　會長

　　総じて立志伝中の人の、特に名を成し功遂げた「実業」家の自叙伝は鼻に付き、嘔吐を催す場合が少なくない。斯様な「自叙伝」は知性人・知識人を自認する者としては目にしたくない出版物の一つで有る。

　　諸事情でその様な「自叙伝」を読まざるを得なくなった場合の読後は野壷にでも落ち込んだような気になり一刻も早く沐浴斎戒し、食したものを全て吐き出し、更に静かな杜で清い空気を深呼吸し、本堂で座禅でも組みたくなるものだ。

　　しかし、この度上梓されたハワイ在住の移民韓国人・松田 李尙倫 氏の、2001年上梓の第一著作・詩集「移民への途上で・Ⅰ」、2011年上梓の第二著作・詩画集「移民への途上で・Ⅱ」に続き、今回の総集編的第三著作・著作詩画集「ハワイ・アリランー移民への途上でⅢ」は、過去に何度か目にした「自叙伝」とは趣を異にしていて読むに値する示唆に富んだ自叙伝である。

著者は、言語や風俗習慣も覚束ないアメリカ本土で一時生活し、現在では 終<small>つい</small>の棲家としたハワイで多くの哀歓を克服、享受しながら、進取性と創造性を発揮し、それらを現地生活者として止揚し結実させた物語は読み終えた読者に一服の清涼感を与え、また読者をしてあらゆる困難や逆境の中でも真摯に人生を送れば道は自ずと開かれるという確信を得る事ができるであろう。

　著者は韓国人移民で有るが現在では家業を弟や子息たちに引き継がせ、詩人としてばかりではなく、ハワイ大学で韓国画と書芸を講じており、温かく、美しく、雅で、力強いその韓国画風と書芸は既に達人の域に達しており、見る者をして感動と驚嘆を呼び覚ませる。

　韓国人は一般に成功した移民者に対して羨望の眼で見ているように見えるが総じて厳しく冷たいところが有る。しかし、よほどの事がない限り、やむを得ない事情で移民の道を選択せざるを得なかった人の中には、故郷や祖国に対する愛は熱く澄んでおり終生その愛は消える事が無いという人が存在するそうだが、著者もその一人で、祖国・大韓民国と故郷・珍島に対する愛と情は熱く強いものを感じさせる。

　それらは、「私は幼い頃から李舜臣将軍を心に秘めて育った」、「夢にも忘れたことの無い故郷<small>ふるさと</small>・珍島を離れ、他国であるアメリカに根を下ろしながら過ごしてきた人生…」、「今後共に熱い心と真心を尽くし韓国の優秀な文化をこのハワイの地に根付かせる事に全力を尽くしたい…」という表現でも

十分に知ることが出来る。

　一方、掲載されている詩も素朴で厚い情、そして居住地としてのハワイへの思いが託されていて読者を心熱くさせる。

　それらの心情は、「松林に澄んだ月が囁く邑《むら》、私の故郷・珍島松月では誰もが詩人になる」と言い切る著者の詩人としての有り余る素質を有していることを窺い知る事が出来る。

　末尾になるが、著者の「移民」とは境遇が大きく違うが、筆者も日本の植民地時代「徴用」で強制連行された父（異国日本で物故）を追った今は亡き母の背に負われ満二歳の時に玄海灘を渡って以来70年、激烈な民族蔑視・差別の中で生活・進学・就職を経て今日に至っているので著者が体験した気苦労や肉体的苦痛は痛いほどよく理解出来る。

　我らの息子・娘、孫・孫娘らは故国・父祖の地に戻る意思がなければ当然のように彼の地の「国民」にはなるだろうが、この筆者が彼ら次世代に望む事は、本書の著者のように、父母、祖父母と同じく韓民族魂と韓国語および韓民族の美風良俗を身につけ、祖国を愛し、故郷を忘れること無く、世界の平和と友好親善および共存共栄を願いながら生活し前進してほしいと切に願うが、そのような心を持ち続けるためにも現世代、特に若い世代が楽しく幸せな時は勿論の事、苦しい時、悲しい時、辛い時には是非本書を紐解き読んでほしいものだ。

예술인 "송전 이상윤 선생" 《**하와이아리랑**에 부쳐》

시인, 재일본한국문인협회 회장 **김 리 박**

대체로 입지전적인 인물 특히 자수성가한 "실업가"의 자서전이란 것은 너무 뻔한 이야기라 때로는 읽고 싶지 않은 경우가 적지 않다. 그러나 이번에 책을 펴낸 하와이동포 한국인 송전 이상윤 선생의 책은 그런 것들과는 전혀 다르다. 선생의 첫 번째 시집 〈이민 가는 길 1〉과 2011년에 나온 두 번째 시화집 〈이민 가는 길 2〉에 이어 이번에 내놓은 시화집은 그동안 보았던 흔한 자서전과는 그 품격을 달리하는, 읽을거리가 풍부한 가치 있는 책이다.

송전 선생은 언어나 풍속, 습관이 전혀 다른 미국 본토에서 한때 생활한 적이 있고 현재는 하와이에 정착하여 수많은 애환을 극복하고 지내오면서 진취적인 창작성을 발휘하고 있는 작가이다. 이러한 에너지 넘치는 창작열은 고스란히 현지인들을 문화의 세계로 불러들여 그 결실을 함께 나누고 있어 송전 선생의 시와 그림은 독자들에게 신선한 청량제와 같은 느낌을 준다.

또한 인생의 모든 고난과 역경을 이겨낸 이야기가 독자들로 하여금 그 어떤 역경 속에서도 스스로 굳건한 인생을 펼쳐 나갈 수 있다는 확신을 주고 있다. 송전 선생은 한국인 이민자이지만 현재는 가업을 동생과 자녀들에게 물려주고 시인으로서뿐만 아니라 하와이대학에서 한국화와 서예를 강의하고 있는 작가로서 그의 작품은 온화하고, 아름답고, 아취가 있으면서도 어딘가 모르는 강인한 힘을 느끼게 한다.

한국인은 일반적으로 성공한 이민자에 대해 선망의 눈으로 보고 있는 것 같지만 이민자들 대부분 어쩔 수 없는 상황에서 이민의 길을 선택할 수밖에 없었었던 사람들로 수 없는 고통을 극복하는 과정이 험난했음을 잘 모른다. 그들은 그런 어려움 속에서도 고향과 조국에 대한 뜨거운 사랑의 불꽃을 꺼지지 않게 지켜왔는데 송전 선생도 그런 사람 가운데 하나이다. 선생의 조국, 대한민국과 고향 진도에 대한 사랑과 정이 이 책 속에서 뜨겁게 표현되고 있음을 느낀다.

선생의 책 속에 "나는 어렸을 때 이순신장군을 마음속에 깊이 느끼며 자랐다", "꿈에도 잊지 못한 고향 진도를 떠나 이국 땅 미국에 뿌리를 내리면서 지내온 인생…", "앞으로 함께 뜨거운 마음과 진심을 다해서 한국의 우수한 문화를 이 하와이 땅에 뿌리 내리는 일에 최선을 다하고 싶다." 라고 하는 말에서도 그것을 느낄 수 있다.

한편 이 책에 실린 시들은 소박하면서도 따뜻한 고향의 정서가 물씬 풍기는데 그러한 정서는 '송림에 달빛이 교교히 비치는 내 고향 진도 송월에서는 누구나 시인이 된다.' 라는 표현에서도 알 수 있다. 대자연을 품은 고향 진도는 그를 시인으로 만든 어머니이자 탯줄이다.

끝으로 송전 선생의 '이민' 과는 사뭇 다른 이야기지만 필자 역시 일본의 식민지 시대에 '징용' 으로 강제 연행된 아버지를 따라 어머니(두 분 모두 작고)의 등에 업혀 만 두 살 때 현해탄을 건너온 이래 70년을 극심한 민족 경시와 차별을 받으면서 진학과 취직의 어려움 속에서 생활고까지 겪어야 했던 사람으로서 이민자의 마음고생과 육체적인 고통은 말하지 않아도 체험자로서 충분히 공감한다.

이제 우리의 아들, 딸 그리고 손자들은 고국, 아버지의 땅으로 돌아가서 생활하기는 어렵겠지만 그래도 어엿한 배달겨레이다. 필자가 다음세대에 바라는 것은 이 책을 쓴 송전 선생처럼 조부모와 부모가 간직한 한민족의 혼과 한국어 그리고 한민족의 미풍양식을 몸에 익히고 조국을 사랑해주길 바라는 마음이다. 또한 위 세대의 고난을 잊지 않고 세계평화와 우호친선, 공존공영의 길에 매진하는 후손이길 빈다.

이와 같은 마음을 지니고 현 세대 특히 젊은 세대가 즐겁고 행복하게 살길 바라지만 때로는 괴롭고 슬플 때, 고통스러운 때가 있기 마련인데 그러한 때에 송전 선생의 삶의 지혜가 묻어나는 이 책을 곁에 두고 읽으면 큰 힘과 용기를 얻을 것으로 믿는다.

한국문화와 예술혼이 담긴《하와이아리랑》펴냄을 축하하며

한국문화사랑협회장 한갈 **김영조**

알로하의 땅, 하와이에서 시와 그림, 붓글씨로 한국문화를 널리 알리는 송전 선생의 이번《하와이아리랑》펴냄을 한국인들과 함께 진심으로 축하드립니다.

진도아리랑의 고장에서 태어나 하와이 이민의 길을 택해 살아오면서 한날한시도 조국의 문화와 예술을 가슴속에서 떼어놓고 생각한 적이 없는 선생의 삶은 그 자체가 한국문화의 고갱이 일 것입니다. 또한 그러한 삶이 그림과 시, 붓글씨로 승화되어 더욱 의미 깊은 예술 세계를 펼치고 있음은 존경해마지 않을 일이라 생각됩니다.

고국을 떠나면 누구나 애국자가 된다고 하지만 송전 선생은 그러한 차원을 뛰어넘어 자신의 예술세계를 하와이 현지민들과 함께 공유하면서 한국문화의 우수성을 자연스럽게 접목시키고 있음에 주목해야 할 예술가라는 생각이 듭니다.

그의 예술세계가 단순히 고향을 그리는 과거에 머물지 않고 그것을 되살려 동포의 미래를 밝혀줄 등대와 같은 역할을 하고 있어 더욱 의미가 깊으며 아울러 하와이에 한국문화를 소개하고 널리 전하여 함께 예술세계를 향유할 수 있게 한다는 점에서는 매우 뜻 깊은 것입니다. 한국문화는 〈더불어 사는 삶〉을 지향하는 것인바 이런 예술활동은 그런 한국문화의 지향점을 충실히 실천하는 일이라 하지 않을 수 없습니다.

이는 소극적인 창작에 만족하는 일부 예술가들을 뛰어 넘는 열정이요, 문화예술을 삶에 뿌리를 내리는 철학을 지닌 것은 물론 진정한 한국문화의 혼을 지닌 작가만이 가능한 일이라고 여겨집니다. 송전 선생이 이번《하와이아리랑》펴냄을 계기로 더욱 더 열정적인 작업을 통해 한국문화와 화와이문화가 하나의 아름다운 꽃으로 승화되길 바라며 책 펴냄을 거듭 진심으로 축하드립니다.

열정과 도전의 화가 송전 **이 상 윤** 선생

한국화가 한울 **이무성**

　　송전 선생은 화가이자 시인이요, 서예가이다. 한평생 그림을 그려오고 있는 사람으로서 이번에 그의 이민 반평생의 역사와 예술의 세계를 한눈에 볼 수 있는 《하와이아리랑》 펴냄을 진심으로 축하한다.

　　무릇 그림이란 연습하고 길들여서 되는 것이 아니라 천성적으로 그림을 좋아해야 가능하다는 것을 나이들 수록 느끼게 되는데 송전 선생이야 말로 그림을 진정 사랑한다는 느낌을 받는다. 또한 《하와이아리랑》에 선보이는 그림들을 보면서 천부적인 소질과 열정적인 창작열로 작품을 빚고 있는 대단한 분임을 새삼 확인하게 된다.

　　《하와이아리랑》 속의 작품들을 보면 강강수월래라든가, 바닷물이 갈라지는 고향 진도의 풍경 등은 그를 풍경화가로 생각하게 하지만 까치가 노래하고 색동옷 입은 고향 처녀들이 뛰어노는 고향의 짙은 향수가 물씬 풍기는 그림 등은 그를 풍속화가로 느끼게 한다. 이것은 그의 화풍이 어느 특정한 것을 고집하지 않고 자유로우며 또 무한한 표현력이 있음을 말해주는 것이다.

뿐만 아니라 송전 선생은 붓글씨에도 발군의 실력을 지녔는데 그의 붓글씨는 선이 굵고 힘이 있는 필치이다. 이는 수십 년에 걸친 그의 필력을 말해주는 것이며 결코 짧은 시간에 이룰 수 없는 선생의 혼이 만든 작품이라 할 것이다. 이러한 예술의 세계는 그가 시인으로서 사물을 보는 시선이 남다르고 또한 그 밑바탕에 이민자로서 겪은 수많은 애환이 자양분이 되어 이룩한 한 송이 아름다운 꽃과 같은 결실이라고 말할 수 있다.

척박한 이민의 땅 하와이에서 예술의 세계에 몰입하여 한민족의 아름다운 정서를 그림과 시, 붓글씨와 조각작품으로 나타낼뿐더러 한국문화의 볼모지에 그 씨앗을 현지인들에게 심어주는 송전 선생의 열정과 예술혼이 빚어낸《하와이아리랑》펴냄을 진심으로 축하드린다.

제1장 아! 그리운 고향

1 내 고향 진도 송월

Songwol, Jindo where I was born

솔 숲 사이로 휘영청 밝은 달빛이 속삭이는 곳, 내 고향 진도 송월(松月)에서는 그 누구라도 시인이 된다. 소소리바람 타고 은은히 풍겨오던 고향의 솔향기는 고향을 떠난 사람에게는 더욱 잊지 못할 어머니 품 속 같은 향기요, 유년 시절을 떠오르게 하는 향수다. 나를 이 아름다운 곳에서 태어나게 한 조상은 전주 이 씨 석보군파(石保君派)로 이 분들은 일찍이 조상의 사당을 모시기 위해 진도 송월에 명당 터를 잡고 자손을 번성해 나가셨다. 아버지 함자는 이간용이시고, 어머니는 경주 김 씨로 우리 형제는 모두 5남 2녀이며 그 가운데 나는 셋째로 태어났다.

조선조 정종임금의 아홉째 아드님이신 석보군(石保君)은 효성이 지극하기로 소문난 분으로 그 후손들은 대대로 아름다운 풍속을 이어받아 고향 송월에서 사셨으며 그 분들의 자취는 울창한 소나무 숲 속에 사당으로 남아 있다. 사당에서 내려다보이는 마을 앞으로는 널찍한 국도가 뚫려 있고 그 길은 또 세 갈래로 나뉘어져 있다. 아늑한 솔숲이 병풍처럼 둘러싼 마을에 터를 잡고 살던 조상들은 달 밝은 밤이면 솔숲에 모여 맑은 술 잔을 기울이며 시를 짓고 풍류를 누리시던 분들이었다.

● 꿈에도 그리운 고향 진도 송월 옛 모습 (Korea ancestral shrine, 27˝ ×18˝)

전주 이 씨 왕손의 자부심을 지니고 있던 조상들이 살던 마을 입구에는 하마석(下馬石)이 있을 정도로 이곳에 터를 잡은 선조들은 권세 있고 위풍당당했던 분들이다. 오늘날과 같은 다양한 교통수단이 없던 그 시절에 말은 유일한 교통수단이었으며 당시 말을 타고 달리다가도 송월을 지나 갈 때만큼은 말에서 내려 예를 갖춰야 할 정도로 석보군파는 명문가였음을 어른들은 어린 나에게 종종 들려주시던 기억이 난다. 유년 시절 송월에서는 대보름날이면 으레 대소간에 모여 사당에 제사를 지냈는데 숱한 세월이 지나도 선연히 그날의 모습이 뇌리 속을 떠나지 않고 있다.

이러한 위풍과 법도가 지켜지던 송월에서 부모님은 태어나셨고 우리 형제들도 나고 자랐다. 아버지는 당시 관공서 공무원으로 농사일에 전념할 수가 없어 집에는 머슴들이 있었는데 그들은 행랑채에 머물면서 한 해에 쌀 서너 가마를 새경으로 받으며 집안의 농사를 도맡아 했다. 그러나 머슴들은 곧잘 다투고 싸우는 일이 많아 다루기가 어려웠고 이후 아버지는 머슴보다는 바쁜 농사철마다 품삯을 주는 일꾼들을 이용하여 농사일을 했다. 하지만, 농사일이란 워낙 일손이 많이 가는 일이라서 일꾼들만으로는 감당하기 쉽지 않았다.

농사일이 많다 보니 나를 포함한 우리 형제들도 자연스럽게 아버지를 도와 논갈이 밭갈이 등 닥치는 대로 일을 거들어야 했다. 이는 1970년대 일이다. 부모님은 공무원 자리를 내 놓은 뒤로는 전적으로 농사일에 매달리셨는데 그 힘든 일을 아무런 불평불만 없이 몸을 아끼지 않고 전심전력하시던 모습이 지금도 눈에 선하다. 아버지는 추운 겨울 동지섣달 함박눈이 펑펑 내리는 때는 이듬해 풍년이 들 것을 미리 예견하실 만큼 지혜로우셨는데 한 겨울에 내리는 눈은 '보리 이불' 이라고 해서 함박눈 속에 포근히 겨울잠을 자고 나면 그 해는 아버지의 말씀처럼 병충

해가 적어 풍년을 이뤘던 기억이 새삼스럽다. 겨울보리는 눈 이불을 덮어쓰고 긴 겨울잠을 잤지만 우리네 아버지 어머니는 농한기라는 겨울철에도 이듬해 농사지을 농기구를 손질하며 곡식을 담을 가마니 짜기, 새끼 꼬기 등 잠시도 쉴 틈 없는 시간을 보내야 했다.

● 고향집 보리밭 Green Barley Farm in Hometown (그림 이무성 한국화가)

그 당시 고향 땅에서는 쌀농사보다 보리농사가 더 많았다. 쌀이 귀하다 보니 껄껄한 보리밥을 주로 해먹었는데 솥 안에 쌀을 둘러 밥을 해서는 자식들에게는 쌀 한 톨이라도 더 먹이고 당신들은 꽁보리밥도 마다 않고 자식들을 건사하고 챙

기시던 모습이 아련하다. 당시에는 겨울에 쌀밥을 먹고 여름엔 보리밥을 먹어야 보양이 된다고 했는데 그것은 천지가 음기인 겨울에 따가운 햇볕 속에 영근 쌀의 양기를 취하여 음양의 조화를 지키고자 한 것이었으며 반대로 한여름에 먹는 보리밥은 겨울 냉기에 자라난 음기를 보충해주는 과학적인 원리가 숨어 있다는 것을 커서야 이해하게 되었다.

청보리 밭이 끝없이 펼쳐지던 고향의 들판에는 이른바 보리밭 로맨스라는 것이 있어서 시골 젊은이들이 보리밭 사이에서 풋사랑을 나누곤 했다. 그러나 얼마 전 돌아본 고향의 들판은 보리밭을 구경하기 어려울 만큼 변해 있어 이제 추억의

● 정겨운 시골 모습 (Plowing a field at the country side, 27″ ×18″)

보리밭은 노래나 어느 수필가의 수필에서 그 아련한 향수를 느껴야 할 것만 같다.

보리밭만 없어진 것이 아니다. 내가 어릴 적 시골은 정말 목가적인 풍경이었다. 나는 곧잘 누렁소를 끌고 꼴을 먹이러 저수지로 나가곤 했는데 무더운 여름철에는 더위를 견디지 못해 옷을 훌러덩 벗어버리고 물속에 텀벙 뛰어 들곤 했다. 그때만 해도 시골에는 호롱불을 켜놓고 공부하던 시절이라 아버지께서 손수 머리를 깎아주시면서 '공부를 안 하니까 흰머리가 이렇게 많이 나는 거야' 라고 하시던 기억이 새롭다. 사람은 최소한 고등학교는 나와야 한다면서 아버지는 늘 나에게 열심히 공부하라고 격려해주시던 모습이 생각난다. 그 무렵 대학시험에 낙방하고 재수를 하기 위해 깊은 산 속에 있는 절에 들어가 공부하던 추억도 한 폭의 수채화처럼 떠오른다. 벌써 몇 십 년 전 일이니 세월의 무상함을 느끼게 된다.

내 나이 스물한 살 되던 해 나는 논산 훈련소에 입소했다. 거기서 신병훈련을 받고 헌병학교에서 헌병으로 2달 교육을 받은 뒤 헌병 333기로 군 생활을 시작하여 30개월 3주 3일을 보냈다. 군생활 틈틈이 휴가를 받아 짧은 시간이지만 고향집에서 농사일에 여념이 없는 부모님을 도왔던 일이 떠오른다.

당시 자식들은 모두 자기 일을 찾아 부모님 곁을 떠나 있는 바람에 고향집에는 부모님 두 분만이 농사를 짓고 있었는데 농번기에는 일손이 모자라 쩔쩔매고 계셨던 것이다. 한번은 아버님이 일손이 바쁘다고 어서 내려오라고 하시는 통에 휴가를 받아 내려갔다가 조금이라도 더 돕는다는 생각에 귀대 하루 전에 상경하여 너무나 지친 몸을 서울에 사는 작은 형님네서 하루 쉰다는 것이 그날 밤 연탄가스를 맡고 사경을 헤맸던 적이 있다.

그날 밤 다행히 병원에 실려 가서 치료 후 깨어나 부대에 복귀할 수 있었는데 생각하면 아찔한 순간이었다. 그때는 서울에서도 집집마다 연탄을 사용하던 때라 종종 일가족이 연탄가스로 목숨을 잃는 일이 허다했는데 가까스로 목숨을 건진 그때를 생각하면 모골이 송연하다. 군인이 되어서도 단 며칠의 휴가만이라도 부모를 돕는다는 생각으로 뛰다 보니 코피 흘리는 것은 예삿일이었다. 지금 생각하니 어디서 그런 효심이 나온 것인지 빙그레 입가에는 미소가 번진다.

탈 없이 군 복무를 마치고 미국에 들어오기 전 나는 서울 명동에서 종로학원에 다닌 적이 있다. 학원을 다닌 것은 경찰간부직 시험에 도전하기 위해서였다. 만일 그때 경찰간부직에 합격했다면 미국 이민의 길은 없었을 것이다. 부모님은 나에게 남은 재산을 정리하고 오라고 서류를 맡기고 한발 먼저 이민을 떠나셨고 나는 경찰간부 시험에 낙방한 뒤 곧바로 고향집으로 내려가 재산을 정리하여 동생들을 데리고 미국 행 비행기를 탔다. 사람들이 말하는 지상의 낙원, 하와이로 꿈에 부푼 첫발을 내디뎠던 것이다.

하와이로 떠나오기 전 서울에서 종로학원에 다닐 무렵, 나는 유명한 동양화선생님을 만나는 행운을 얻었고 그때부터 동양화 공부에 매료되었다. 벌써 40여 년 전 일이다. 예로부터 진도는 예술의 고장이라고 하여 예술인들이 많이 살았고 그러한 영향이 알게 모르게 나의 뇌리에 새겨져 있었다. 어렸을 때부터 나는 주변에서 "손재주가 뛰어나다" 는 말을 들었다. 당시 시골마을에는 텔레비전이 흔치 않았는데 마을 사람들은 텔레비전이나 전축, 라디오 같은 귀한 물건이 고장이라도 날

라치면 날보고 고쳐달라고 했다. 물론 고장 수리점이 없기에 나에게 부탁한 것이지만 나 역시 고장수리기술을 배운 적 없이 눈썰미로 못 고치는 것이 없었다. 지금 생각해도 신통하리만치 고장 난 부분을 용케도 찾아내어 수리를 해주는 통에 동네에서는 "수리박사" 라는 소리도 들었다. 나의 수리기술은 가전제품만이 아니었다. 농기계도 거뜬히 수리를 할 정도였는데 이런 나를 두고 손재주가 많으면 고생한다는 말을 하는 분도 계셨던 기억이 난다.

그런 손재주는 동양화 공부에서도 여지없이 실력을 발휘하게 되어 종로에서 동양화 전수를 받을 때 스승으로부터 송전(松田)이라는 호를 부여 받고 오늘날까지 그림을 그리게 되었으니 참으로 예향의 고장 출신이라는 자부심을 가질 만도 하다는 생각도 든다.

그림뿐만이 아니다. 나는 시도 짓고 붓글씨도 쓴다. 정년의 나이를 맞아 그간 쉬지 않고 앞만 보며 달려왔던 지난날을 돌아보면서 그림과 글씨에 다시 몰두 할 수 있는 삶을 살게 된 것이 무한히 기쁘다. 지금의 내가 있기까지 많은 분들의 도움이 있었지만 특히 사랑하는 나의 가족에게 무한한 고마움을 느낀다.

늘 내 곁에서 늘 건강한 모습으로 싫은 내색 없이 내조해준 아내 복심과 큰아들 Timothy(화준), Peter(영준) 그리고 딸 Cynthia(혜숙)에게 고마운 말을 전하고 싶다.

2 내 생의 기억들
Memories of my life

● 바다가 갈라지는 진도의 신비한 바닷길 (Jindo Miracle Sea Route, 27″ ×18″)

아리아리랑 쓰리쓰리랑 아라리가 났네 아리랑 음 음 음 아라리가 났네

문경 새재는 웬 고갠가 구부야 구부구부가 눈물이로구나

아리아리랑 쓰리쓰리랑 아라리가 났네 아리랑 음 음 음 아라리가 났네

노다 가세 노다나 가세 저 달이 떴다 지도록 노다나 가세

아리아리랑 쓰리쓰리랑 아라리가 났네 아리랑 음 음 음 아라리가 났네

청천 하늘엔 잔별도 많고 우리네 가슴 속엔 사연도 많다.

저 건너 계집애 눈매 좀 보소 겉눈만 뜨고서 나를 살짝궁 살피네

● 진도아리랑 JindoArirang

● 흥겨운 풍물놀이를 하는 '아리랑농심' (Cheerful Jindo Arirang singers with a cup of rice wine, 27″ ×18″)

그렇다. 내 고향 진도는 〈진도아리랑〉의 고장이다. 진도아리랑은 굽이치는 삶의 현장을 그대로 노래한 것으로 농부들이 힘들 때 한차례 진도아리랑 한 자락을 부르고 나면 어깨가 들썩해지고 흥이 나서 힘이 저절로 솟았다는 말이 있다. 진도아리랑은 또한 진도의 문화행사에 빼놓을 수 없는 전통 노래일 뿐 아니라 전국에서도 알아주는 전통 민속 노래다.

진도는 목포와도 가깝지만 해남과 연결하는 울돌목이 가까운 편이다. 이곳은 썰물과 밀물이 드나드는 엄청나게 물살이 센 곳으로 제주로 가는 여객선들은 격랑의 물길을 피해 가까운 곳이라도 지그재그로 돌아서 가는 곳이다. 조선시대에는 세계 해전 역사에 빛나는 이순신 장군의 명량해전 격전지로 이름난 바로 울돌목이 바로 지척이라 나는 어린 시절부터 이순신 장군을 가슴 속에 품으며 자랐다.

나라를 근심하는 외로운 신하	孤臣憂國日(고신우국일)
장수들은 공로를 세울 때로다	壯士樹勳時(장사수훈시)
바다에 맹세함에 어룡이 감동하고	誓海魚龍動(서해어룡동)
산에 맹세함에 초목이 알아주네	盟山草木知(맹산초목지)
이 원수 모조리 무찌를 수 있다면	讐夷如盡滅(수이여진멸)
이 한 목숨 죽음을 어찌 사양하리오	雖死不爲辭(수사불위사)

● 이순신 '진중음(陣中吟)' 가운데

진도 벽파진에서 바다를 향해 우뚝 서있는 충무공 동상을 볼 때마다 나도 모르게 힘이 솟아나는 느낌을 받는다. 충무공의 벽파진해전(碧波津海戰; 1597년 음력 9월 7일)은 어란포 해전에 뒤이어 벽파진에서 왜군의 소규모 함대를 격파한 해전으로 이 전투는 이순신이 삼도수군통제사로 복귀한 뒤 두 번째 해전이다. 서쪽으로 이동하던 왜선 55척 중 호위 적선 13척이 나타나자, 한밤중에 이순신이 선두에서 지휘하여 벽파진(전라남도 진도군 고군면)에서 적선을 격퇴시켰던 것이다.

달아달아 밝은달아 강강술래

이태백이 놀던달아 강강술래

저기저기 저달속에 강강술래

계수나무 박혔으니 강강술래

옥도꾸로 다듬어서 강강술래

금도꾸로 다듬어서 강강술래

초가삼간 집을지어 강강술래

천년만년 살고지고 강강술래

● 강강술래 Ganggangsullae

● 강강술래 (Traditional Korean circle dance play, 27″ ×18″)

　　강강술래는 치열한 임진왜란 당시 이순신장군을 떠오르게 하는 노래로 노래와 춤이 하나로 어우러진 부녀자들의 집단놀이인데 주로 전라남도 해안지방에서 한가위를 전후하여 달 밝은 밤에 불렀다. 이 놀이는 임진왜란 때 충무공이 왜군에게 우리의 병사가 많다는 것을 보이기 위해서 했다는 전술의 하나로 알려져 있으며 임진왜란에서 승리를 거둔 뒤 널리 보급된 노래로 지금은 국가지정무형문화재 제8호로 지정되어 민속놀이로 자리매김 되고 있는 노래이다. 부녀자들이 손에 손을 잡고 둥글게 원을 지어 빠른 속도로 돌면서 노래와 춤을 추는 강강술래는 한때 진도군에서 진도군강강술래경연대회를 열어 푸짐한 상품을 걸고 겨루기 대회를 한 적도 있다.

나는 우리 겨레의 비극인 6.25 한국 전쟁 무렵에 태어나 일제강점기의 역사는 직접 겪지 않았다. 그러나 아버지가 사시던 시절은 처참한 식민지를 겪은 세대로 우리말도 억제 당해 일본말을 쓰도록 강요 받았으며 꽃다운 젊은 여자들은 위안부로 끌려가 일본군의 성 노리개로 회한의 삶을 살아야 했다는 이야기를 종종 들으며 컸다. 그래도 빼앗긴 나라를 되찾기 위한 독립투사들의 불굴의 의지로 광복의 기쁨을 누릴 수 있었으나 백성들의 삶은 식민 착취의 여파로 여전히 어려움이 많았다. 내 유년 시절의 기억은 배고프고 힘든 시절로 열대여섯 살 무렵이었을까 박정희 대통령의 새마을운동이 시작되어 시골에까지 골목길도 넓히고 전기시설도 들어서게 되어 전반적으로 마을도 밝아진 느낌이다.

어렸을 때 마을 앞에는 조그만 강이 있었는데 그 강이 휘돌아 치는 곳에 흰 모래사장이 삼각주처럼 만들어져 있었다. 그런데 그곳에는 일제강점기와 6.25 한국 전쟁 때 죄 없는 많은 민간인이 죽어 주검이 산처럼 쌓여 있었다고 한다. 모래사장과 강 사이에는 나무다리가 놓여 있었는데 그 다리를 사람들은 도깨비 다리라고 불렀다. 억울하게 죽어간 혼령이 많이 나타나 그렇게 부르는 것이라고 했는데 어린 마음에도 죄 없이 죽어간 사람들을 떠올리면 불쌍하다는 생각이 들었다. 마을사람들은 대부분은 농사를 짓고 살았으며 학교 문턱에도 못 가본 사람들이 많았지만 더없이 순박한 마음으로 살아가는 사람들이었다. 그러나 더러 마을 사람 가운데는 일제강점기 때 그들의 앞잡이가 되어 마을사람을 괴롭힌 사람도 있었기에 해방 뒤에 그들을 미워하고 따돌림하던 기억도 난다.

내가 태어나 유년 시절을 보냈던 아름다운 섬 진도는 대한민국의 남도 끝자락에서 조금 떨어진 보물섬으로 조선시대 태종 9년(1409년)에 해남현과 합하여 해

진군으로 불리다가 세종19년(1437년) 해남현과 분리하여 다시 진도군으로 부르게 되었다. 1866년 진도군은 진도부로 승격되었으며 1896년 진도군은 전라남도에 속하게 되었다. 그러던 것이 일제강점기인 1914년에는 행정구역 통폐합을 단행, 진도면을 비롯하여 7면 101리를 두게 되었고 2013년 현재는 행정구역 1읍 6면에 인구 33,000여 명이 살고 있는 아름다운 섬이다.

1984년에 완공된 진도대교는 섬 생활을 도시와 같은 수준으로 끌어 올렸고 2005년에는 제2진도대교가 개통되어 국내 최초로 쌍둥이 사장교(斜張橋)가 건설되어 하나의 명물로 자리 잡는 등 내 고향 진도의 변화는 어느 지역 못지않게 빠른 속도로 진행되고 있다.

내가 하와이로 건너오기 전 스물대여섯 살 때쯤 일이다. 그때 나는 진도발전을 위해 무언가를 해야겠다는 생각에 진도군 홍보위원(아버지도 홍보위원 출신)이 되어 활동한 적이 있다. 진도의 모임에서 나온 의견은 크고 작은 섬들로 이뤄진 진도의 섬과 섬을 막아 해안 간척사업을 하자는 것이었다. 뿐만 아니라 진도대교의 개통전이라 시급한 연육교 건설도 중요 과제로 떠올랐다. 대한민국에서 3번째로 큰 섬인 진도발전을 위한 일은 무엇인가? 연육교를 놓을 것인가, 아니면 해안 간척사업을 일으킬 것인가 하는 과제를 놓고 홍보위원들의 열띤 토론 결과 섬과 섬을 막아 먼저 진도를 발전 시키고 다음으로 연육교 공사를 하자는 대다수의 의견이 모아져 내가 진도를 떠날 무렵에는 간척사업이 한창이었다.

● 아름다운 진도 대교 (Beautiful large Jindo bridge) 〈진도군청 제공〉

● 허백련선생의 운림산방 (Ullim Sanbang art house by Heo Baeklyun) 〈진도군청 제공〉

진도군의 자랑이라고 하면 무엇보다도 상조도, 하조도, 가사도 등 다도해 해상국립공원을 중심으로 자연 경관이 뛰어난 점이며 천연기념물 제53호인 진돗개를 비롯하여 천연기념물과 유물 유적도 많고 예능, 예술인들도 많은 활동을 하고 있는 곳으로 알려져 있다. 섬은 약 230개 정도이며 이 가운데 무인도는 185개 정도이다. 특히 현대판 모세의 기적인 바닷길을 한눈에 내려다 볼 수 있으면서 점점이 떠있는 아름다운 섬의 경관을 볼 수 있는 전망대 또한 빼놓을 수 없는 장관이다. 예향의 고장답게 서예의 대가 하남호 선생의 장전미술관(구, 남진미술관)과 사군자의 권위자인 허백련 선생이 공부하던 운림산방, 조선후기 남종화의 대가였던 소치 허유 화백의 유적지 등 기념비가 즐비하다.

그뿐만이 아니다. 진도에서는 소리 자랑하면 안 된다. 진도 사람치고 소리 못하는 사람이 없을 정도다. 더구나 전국에 4군데 있는 국립국악원 가운데 하나가 이곳 진도(국립남도국악원)에 있을 정도이니 더 말해서 무엇하랴.

게다가 진도는 "다시래기" 라는 중요무형문화재 제81호로 지정된 민속놀이가 유명하다. "다시래기" 는 부모상을 당한 상주와 유족들의 슬픔을 덜어주고 위로하기 위하여 벌이는 상여놀이이다. 죽은 이에겐 다음 생이 있으니 즐겁게 보내야 한다는 생각에서 유래된 것으로 육자배기로 시작하여 물레타령·산아지타령·진도아리랑·둥당에타령 등의 민요를 부르며, 노래가 차차 빨라지면서 춤과 북놀이, 설장고를 한다. 이어서 사재놀이, 상제놀이, 봉사놀이, 상여놀이까지 하여 다시래기를 보는 사람들의 눈을 즐겁게 한다.

얼마 전 몇 십 년 만에 고향 진도를 가게 되었는데 상상하지도 못할 만큼 변해 있어 정말 다른 나라에 간 기분이었다. 진도는 바다가 갈라진다는 전설의 섬으로 유명하여 해마다 봄에 관광객들로 붐비고 있다. 현대판 모세의 기적이라 불리는 진도 신비의 바닷길을 만날 수 있는데 4월(음3월)에 고군면 회동리와 의신면 모도리 사이에 길이 2.8km 넓이 40m로 갈라진다. 국가 지정 명승지 제80호로 지정되어 있고 세계적으로 널리 알려진 진도 바닷길은 밀물과 썰물의 조수 간만의 차이로 수심이 낮아 질 때 약 1시간 정도 바다에 만들어지는 신비로운 현상이다. 해마다 4월이면 이 시기에 맞추어 국내외 관광객이 몰려들며 바닷길 축제로 다양한 행사가 열리는데 그 가운데 바다 탐험, 뽕 할머니 기원제, 진돗개 묘기자랑 대회, 유명 연예인들의 방문공연, 전국 노래자랑 등도 흥겹다. 특히 바닷길 축제는 진도아리랑·강강술래와 같은 한국적인 민속 문화 예술을 국내외 관광객들에게 선 보여 좋은 평가를 받고 있으며 세계적으로 널리 알려져 많은 인파가 몰려드는 곳이다.

뽕 할머니를 위한 기원제의 전설을 보면 매우 흥미롭다. 때는 조선 초기 500년 전 이야기로 손동지라는 사람이 귀향 가다가 거센 풍랑으로 진도의 한 마을에 닿는 것으로 시작한다. 그 자손들은 이 아름다운 섬에서 대를 이어 살고 있었다. 그러나 호랑이의 피해가 극심하여 뗏목을 타고 뽕 할머니를 놔둔 채 떠나게 되었다. 홀로 남은 뽕 할머니는 헤어진 가족을 만나고 싶어서 날마다 용왕님께 빌었는데 어느 날 꿈속에 용왕님이 나타나 내일 무지개를 바다 위에 내릴 테니 바다를 건너가라고 하여 모도 가까운 바닷가에 나가 기도를 하고 있자니 회동과 모도 사이에 무지개처럼 바닷길이 나타났다. 그리고 바닷길이 열리자 뽕 할머니가 호랑이 등에 올라 회동 쪽에서 모도 쪽으로 건너가는데 꽹과리를 치며 건너오는 사람들을 만났다. 뽕 할머니는 당신들을 만나 내가 이제는 여한이 없다고 한 뒤 신령이 되어 하늘로 올라갔다는 내용이다. 이를 본 회동 마을 사람들은 뽕 할머니의 기원이 바닷길을 드러나게 하여 모도에 돌아왔다 하여 마을 이름을 회동이라고 고쳐 부르게 되고 이때부터 해마다 바닷길이 열리는 곳에서 풍어와 소원성취를 비는 기원제를 지내고 뽕 할머니를 영등신으로 모셨으며 이 영등굿이 바로 뽕 할머니께 드리는 제사라고 한다.

이러한 설화뿐만 아니라 진도는 진돗개로도 유명한 곳이다. 진돗개는 여우와 개가 교잡하여 생긴 개로 한번 주인으로 섬기면 주인에 대한 충성심과 복종심이 강하며 귀가성이 강하다. 어릴 때 처음 정을 준 주인을 잊지 못한 진돗개에 관한 설화는 많다. 주인이 장날 장에 가던 중 잠시 어느 묏자리에서 잠시 담배를 물고 잠이 들었다. 그러자 담뱃불이 무덤에 옮겨 붙어 그만 주인을 덮치게 되자 진돗개가 주인을 물어 당겨 깨워서 불에서 목숨을 살렸다는 설화도 있다. 또한 진돗개는 용맹하고 대담하여 사냥개로 널리 길렀으며 멧돼지 같은 덩치 큰 짐승을 만나도 겁을 먹지 않고 덤벼들 정도이다. 또한 낯선 사람을 경계한다.

또한 진도하면 다양한 특산물을 빼놓을 수 없는데 진도 구기자, 미역, 김, 홍주 등도 유명하다.

● 뽕 할머니상 (Legend of Jindo, statue of Grandma Pong) 〈진도군청 제공〉

● 진도의 특산물인 구기자 (Jindo's special product, the fruit of a Chinese matrimony vine) 〈진도군청 제공〉

● 유명한 진도 홍주 (Popular Jindo Hongju) 〈진도군청 제공〉

제2장 나의 하와이 35년

1 미국에서의 **이민생활**
Living in the United States

　내가 하와이 땅에 발을 들여 놓은 것은 1980년도였다. 나의 미국이민 35년은 크게 세 가지로 요약 할 수 있다. 초기 이민자들이 그러하듯 말 설고 물 설은 곳에서 그나마도 쉽게 할 수 있는 것은 청소 같은 허드렛일이었다. 그러나 좀 더 나은 삶을 지향하기 위해 나는 하와이에서 청소 일을 하다가 본토로 건너갔다. 건축업을 배우기 위해 건축칼리지에 입학했던 것이다. 물론 6달 만에 도중하차를 했지만 그때의 경험으로 건축업을 본격적으로 시작하게 되었다. 건축업의 인연은 건축자재 개발로 이어졌고 당시 페인트를 이용한 대리석 효과를 내는 특수공법을 1996년 하와이에서 처음으로 선보여 많은 주목을 받았다.

● 2010년부터 유명한 Dr. Chanda 박사가 참여한 화장품 사업을 시작하였다.
(Famous Dr. Chanda joined cosmetics business called Liliamore)

건축업과는 약간 다른 분야지만 또 한 가지 사업은 화장품 사업이었다. L.A.에 공장을 둔 화장품회사는 유명한 Dr. Chanda 박사의 당나귀 우유로 개발한 비누가 주종으로 이 제품을 중국과 유럽으로 수출하여 꽤 재미를 보았다. 무엇보다도 하와이 이민 35년 결산에서 자랑스러운 점은 한국인으로 자부심을 드러낼 수 있는 화가의 길을 걸어 온 것이라고 할 수 있다. 2011년 동양화가로는 처음으로 하와이 호놀룰루 시청으로부터 자격증(Certificate)을 받았으며 현지인 화가로 여러 번 개인전을 열어 큰 호평을 받은 바 있다. 나의 그림 작업은 이곳에서 인정받아 하와이대학에서 동양화를 교양으로 가르치는 계기가 되어 지금 열심히 푸른 눈의 학생들에게 동양화를 전수하고 있다.

사탕수수의 땅으로 그리고 와이키키해변의 야자나무를 고국의 달력에서 본 것이 전부였던 낯선 땅 하와이! 내가 하와이로 떠나오기 1년 전 부모님이 먼저 이 땅에 이주하여 호텔청소를 하고 계셨고 형제들도 건너 와 있었다. 부모형제가 와 있긴 했지만 나 역시 영어를 유창하게 하는 것도 아니어서 다른 일은 할 수 없었고, 아버지를 따라 호텔청소부터 하지 않으면 안 되었다. 호텔 청소는 보통 밤 11시에 시작하여 아침 6시 30분에 끝난다. 물론 한국을 떠나기 전에는 밤새워 일을 한다는 것은 꿈에도 생각하지 못한 일이었다. 그러나 말이 통하지 않는 상황에서 할 수 있는 일이란 제한적일 수밖에 없는 노릇이었다. 잠을 자야 하는 시각에 밤새도록 청소를 한다는 것은 여간 고단한 일이 아니었다. 고향에서는 생각도 못한 철야작업은 온몸이 쑤시고 욱신거려 아침에 집에 돌아오면 녹초 상태였다. 그러다 보니 자연 밥맛이 있을 리 없다.

그나마 어머니가 계셔서 밥을 차려주셨지만 고향에서 먹던 먹음직스러운 빨간 김치는 없었다. 지금은 김치를 담그기 위한 고춧가루를 비롯한 한국의 모든 양념과 재료를 파는 곳이 지천이지만 당시만 해도 그런 가게는 없었다. 어머니인들 왜 보기에도 군침이 도는 김치를 담그고 싶지 않았으랴! 나는 매 끼니 마다 김치가 생각나 미칠 것만 같았다. 어머니가 이름뿐인 푸르둥둥한 김치를 밥과 함께 식탁에 올렸는데 짜기도 짜려니와 색도 빨갛지 않은 것이 맵기는 또 되게 매웠다. 그나마도 나는 죽지 않으려고 먹었다.

내가 하와이로 오기 전에 큰형은 자주 내게 하던 말이 있었는데 바로 "시간이 돈이다." 라는 말이었다. 힘겨운 청소 일을 하고 처음 받아 든 시간당 $2.50의 돈을 손에 받아 드니 형님이 한 말의 뜻을 이해하게 되었다. 무엇보다도 영어 소통이 안 되다 보니 그저 주어진 청소 일이라도 열심히 하는 수밖에 없었다. 고국에서도 요령을 피운다든가 하는 일은 해본 적이 없는 나로서는 황소처럼 묵묵히 청소 일만 죽어라 했다. 그렇게 2주일 열심히 하다 보니 보수가 약간 올라 물어보았다. 그랬더니 미스터 리가 하루도 빠지지 않고 열심히 일을 잘해서 25센트를 올려 $2.75를 주는 것이라고 했다. 그 말을 듣고 나는 더욱 열심히 일했다. 그러자 시간당 보수는 점점 올라 $3.25까지 받게 되었다. 기분은 좋았지만 말을 알아듣지 못하니 벙어리 이민 길에 몸을 파는 것과 무엇이 다르랴 싶었다.

그러던 어느 날 밤 2시쯤의 일이었다. 마침 쉬는 시간인데 다른 사람들은 도시락을 가져와 먹었으나 나는 도시락도 싸갈 형편이 못되어 주린 배를 쥐고 참아야 했다. 바나나가 지금은 99전씩 하지만 그 당시는 파운드에 9전부터 10전하였으나 그것 하나도 마음대로 먹지 못하던 때였다. 배가 너무 고파서 그날 호텔에 있던 바나나 두 쪽을 먹었다. 그러나 내가 바나나 두 개를 먹는 걸 경비원이 보고 말았다. 곧바로 보스가 찾아와 야단을 치는데 너무 화가 났다. 하와이에서 바나나는 넘쳐나서 길거리에서도 썩어 굴러다니는 것인데 그거 하나 먹었다고 호된 야단을 맞고 보니 도저히 일할 기분이 나질 않아 그 길로 일을 그만두었다. 그리고는 어떻게 해서든지 한국으로 돌아가야겠다는 결심을 했으나 부모님이 나를 달랬다. 간곡히 만류하는 부모님을 봐서라도 고국으로 돌아가려는 마음을 접었다. 그러나 하와이에서 청소 일을 하기는 죽기보다 싫었다. 그래서 본토로 건너가 뭔가 장래 도움이 되는 직업을 찾아보고 싶었다. 기왕에 건너 온 몸이니 그대로 물러설 수는 없다는 오기가 생겼다.

나의 이런 뜻을 들은 형은 시카고의 한 직장을 소개해주었다. 비행기 화물취급소 일이었다. 시카고에서는 직장 일을 하면서 이민 올 때 싸가지고 온 붓 몇 자루와 먹통을 꺼내 그림을 시작했다. 물론 하와이의 청소 작업을 하면서는 꿈꿀 수 없는 일이었다. 그러나 비행기 화물취급소 일을 하면서도 녹녹하지는 않았다. 그래도 틈틈이 그림을 그렸다. 특히 주말이면 두문불출하고 그림에 매달렸다. 그림이 한두 장씩 모아지기 시작하자 나는 개인전을 열고 싶은 욕심이 생겼다. 그러나 문제는 표구였다. 당시 시카고에서 동양화를 표구하는 작업은 쉽지도 않았거니와 돈도 많이 들었다. 그림 몇 점을 표구하고 보니 받은 월급이 동이 나버렸다. 이래가지고는 돈도 못 모으고 개인전도 열기 어렵다는 판단이 순간 들었다.

화물취급소 일도 힘들었으나 틈틈이 그림과 서예를 하는 재미로 시카고에서의 고된 생활을 이겨냈다. 그러나 개인전을 여는 데는 역시 경제적인 무리가 따른다는 생각이 들자 마음이 허전해지기 시작했다. "그래 이 다음에 생활고를 해결한 뒤 본격적으로 하자." 라는 생각을 하면서 그래도 손에서 붓을 놓지는 않고 지내기로 하고 있던 중 하루는 아는 분이 "미스터 리는 손재주가 있으니 목수 일을 해보면 어떻겠느냐?" 는 제안을 해왔다.

당시 목수 일(건축)을 배우면 전문직이니까 미국에서 돈도 벌고 대우도 받던 시절이었다. 그러나 여전히 영어 소통이 안 되는 터라 건축 일을 배우더라도 한국인에게 배워야 하는데 그게 여의치가 않았다. 고민하던 중에 건축학교 문을 두드리기로 하고 시카고 옥톤 커뮤니티 칼리지에 등록한 것이다. 이곳에서 새롭게 건축공부를 시작했다. 그러나 쉽지 않은 일이었다. 가장 힘든 것은 역시 언어소통이었다. 결국 지속할 수 없는 상황이라고 판단하여 학교를 그만두고 그 대신 학교에 있는 수많은 건축학 책을 섭렵하기로 마음을 먹고 건축에 관한 독학의 길로 들어섰다. 비록 독학이긴 했지만 아마도 그때 나처럼 건축학 공부를 한 사람은 없을 것이다. 건축학교를 중단하기는 했지만 그나마 학교에서 전기, 상하수도, 지붕 기초공사, 실내공사 등을 배운 덕에 조금씩 파트타임이 들어왔다. 그것이 내가 건축업에 뛰어들게 된 계기였다.

영어는 남들처럼 못하지만 짬짬이 들어오는 건축 파트타임을 열심히 하면서 화물취급소 일도 열심히 한 결과 인정을 받아 항공사에서 27개 회사에 한 명씩 뽑아 아시아 무료관광을 시켜주는 프로그램에 참가하게 되었다. 무료관광은 한국, 타이완, 일본을 둘러보는 관광으로 마침 형의 소개로 한국의 참한 아가씨를 소개

받아 결혼까지 하게 되었으니 돌아보면 시카고로의 진출은 생애 큰 소득이었다.

　　그러나 소개받은 아가씨는 얼굴 한 번도 보지 못하고 혼인신고부터 하고 돌아와야 했다. 왜냐하면 짧은 관광일정에 아가씨를 만날 시간이 없었던 데다가 한국에 간 김에 혼인신고를 해놓아야 아가씨가 미국으로 올 수 있기에 그런 조처를 하고 돌아온 것이다. 내가 무료관광으로 한국을 다녀온 뒤 1년 만에 아내가 미국으로 건너왔다. 아내가 둘째 아들을 낳을 때까지 우리는 시카고에 살았다. 그러나 둘째가 태어나자 시카고 생활이 버거워져 출산 3일 만에 밴 트럭에 가족을 태우고 3일간 달려 샌프란시스코로 와서 그만 하와이로 건너오고 말았다.

　　사실 아내와는 고국에 혼인신고는 되어 있었지만 정식 결혼식은 올리지 못했다. 그것은 바쁜 이민생활 속에 혼례식을 올리기가 쉽지 않았을 뿐더러 형제들도 모두 자기 일이 있어 주선해줄 수 없는 상황이었기 때문이었다. 그러다가 10년쯤 지난 어느 해 한국에 나오게 되는 기회를 잡아 어느 복지관에서 아내를 위해 면사포를 씌워주었다. 그때의 사진을 보면 아내에게 안쓰러운 생각이 든다. 그러나 이민생활의 고단함 속에서는 어쩔 수 없는 일이었다. 말하자면 쉬운 것부터 하나씩 풀어나가는 것이 나의 인생살이 해법의 하나 하나였던 것이다.

　　사람이 살다 보면 일의 순서가 뒤집어지는 것은 다반사 있기 마련이다. 본토에서 다시 부모님과 피붙이 형제가 있는 하와이로 돌아오긴 왔지만 그렇다고 딱히 일자리가 나를 기다리는 것은 아니었다. 또 다시 막막한 현실이 앞을 가로 막았다. 더구나 이번에는 처자식까지 딸려 있지 않은가? 살길이 막막하여 무얼 어떻게 하여 먹고 살아야 할까 여러 날 고민에 빠졌다. 그러나 한 가지 떠오른 생각이 있었다. 하와이는 조그만 섬으로 이루어져 있기 때문에 집값은 떨어지지 않고 향후 오를 것이라는 생각이 들었다. 하와이에서 이민생활에 낙오자가 되지 않으려면 부동산 사업이 가장 좋을 것이라는 생각이 문득 들었다. 집을 사서 고쳐 팔면 될 것 같았다. 큰돈은 못 벌어도 적어도 자식에게 집 한 채는 물려 줄 수 있을 것이라는 생각도 들었다. 문제는 돈이었다.

그런 결심을 하고 나니 마음이 더 조급해졌다. 그러나 혼자 노심초사 한다고 되는 일은 아니었다. 나의 이런 생각에 집사람이 적극 동조해주었다. 그 뿐만이 아니라 집사람도 발 벗고 나서서 닥치는 대로 일을 했다. 나는 나대로 서서히 하와이에 적응하며 건축, 법률을 공부해나갔다. 그리고 서툰 영어지만 미국사람이 운영하는 건축회사에 들어가 하나 둘씩 건축경영에 대한 노하우를 익혀 나갔다. 그렇게 일을 해나가는 사이에 혼자서 건축업을 할 수 있다는 자신감이 생겼을 때 사업자등록을 냈다. 하와이에서 본격적으로 건축업을 하게 된 것이었다. 그날의 기쁨은 잊을 수가 없다. 그러나 기쁨도 잠시 사업자등록만으로 일이 다 풀리는 것은 아니었다. 대관절 어떻게 일을 딸 것인가가 당장 시급한 문제였다. 누가 동양인인 나에게 집수리를 맡길 것인가를 미처 생각하지 못한 것이었다. 고민 끝에 생각한 것이 헌 집을 사서 증축 수리해 팔아 넘기면 어떨까 하는 생각이었다. 궁하면 통하는 길이 있는 것이다.

나는 목표를 정하고 매진했다. 나의 형제는 많지만 건축업은 내가 가장 먼저 시작했다. 1989년 건축회사를 설립하여 증축, 신축 등 여러 방면으로 사업을 확

장해 갔다. 그러나 사업이 그렇게 호락호락 한 것은 아니다. 집사람의 말을 빌리자면 건축업은 앞으로 벌고 뒤로 밑지는 장사였다. 남의 집 공사를 맡아 하면서 조금이라도 남겨 팔기 위해 안간힘을 다했다. 건축공사를 맡아 하면서 나는 하나에서부터 열까지 남의 손을 빌리지 않고 내가 모두 맡아 처리했다. 전기공사, 수도공사, 콘크리트공사, 지붕공사에 이르기까지 단 한 번도 하청을 주지 않고 직접 내가 허가를 받아서 공사를 했던 것이다. 하청에 재 하청을 주면 남는 것도 없지만 무엇보다도 책임시공이 어려워 나는 모든 것을 철두철미하게 내 책임 하에 건축공사를 마무리했다. 그렇게 뛴 결과 1991년 드디어 내 이름으로 집을 구입하게 되었다. 아내와 나는 뛸 듯이 기뻤다. 물론 집을 사려면 은행 융자가 필요했다. 그 당시만 해도 10%정도만 자금을 갖고 있으면 구매가 성사되었다.

미국은 산동네가 심심치 않게 비싸다. 아마도 주택의 전망 때문에 그럴 것이다. 처음으로 산 집은 402,000불짜리였는데 그러나 당시 나에게는 겨우 5만 불밖에 수중에 돈이 없었다. 그래서 10만 불을 형제들에게 빌려 일단 집을 구입한 뒤 1년 반 동안에 힘겨운 공사를 마친 뒤 되팔아서 형제에게 빌린 돈에 45,000불을 더하여 145,000불을 만들어 돌려주었다. 이자는 달라고 하지 않았지만 그렇게 하는 것이 내 마음이 편했다. 다행히 우리 형제들은 손재주가 있고 솜씨들이 있어 건축공사를 한번만 따라 하면 척척 일을 해냈다. 그 이후로 모두 기술자가 되어 거침없이 집을 짓는다. 그러나 우리 형제들은 그만큼 자존심이 강하여 잘하니 못하니 하는 잔소리를 싫어했다. 특히 동생들이 내 뒤를 이어 본격적으로 건축업에 뛰어들어 열심히 하고 있어 나는 한시름 놓고 20년 넘는 목수생활을 접었다. 그리고는 그렇게 하고 싶었던 그림과 서예 등의 예술 활동에 전념하고 있다.

초기에 건축을 시작할 때는 자본이 부족하여 여기저기서 돈을 빌려 헌 집을 사서 수리하여 고쳐 팔기를 수 차례 했으며 때로는 빈 땅에 집을 지어 팔기도 했다. 그러다 보니 재산이 조금씩 늘어나기 시작했다. 그 결과 2004년에는 아파트 15채(unit apt building)을 마련하여 세를 주고 이듬해는 6채를 샀다. 이렇게 사자마자 운이 좋아서였는지 부동산이 껑충 뛰기 시작했다. 남들은 지금부터라고 부동산을 더 사려 들었으나 나는 반대로 생각했다. 이렇게 부동산 값이 뛰면 매매가 어렵게 될지도 모른다는 생각을 하게 된 것이다.

2004년 한 해 동안 집을 사고팔고 하여 얻은 이익은 그 후에도 전무한 일로 그 해에만 세금으로 8만 불을 물게 되었다. 당시 나는 하와이에서 돈 많이 번 열 사람 속에 한 사람으로 꼽힐 만큼 큰돈을 벌었다. 누구든지 돈을 벌고 싶지 않은 사람은 없겠지만 특히 내가 돈을 벌려고 했던 데는 그 까닭이 있다. 첫째는 결혼하여 자식이 태어나자 집 없는 서러움을 자식들에게 물려주지 말아야 한다는 생각에서였다. 그래서 악착같이 돈을 벌기로 작정을 했는데 주변에서 조금 안 좋은 소리가 들려왔다. 혼자 돈을 많이 벌어서 그런지 독불장군이라느니 하는 소리를 듣고 사실 충격을 받았다. 왜냐하면 그때까지 나는 형제들 가운데 나라도 돈을 잘 벌면 좋은 일이라고 생각했기 때문이다. 그렇지만 나는 그런 주변의 소리에 아랑곳하지 않고 성실하게 돈을 벌었다. 그러던 어느 날 한 공사장에서 지붕 공사 일을 하다가 떨어져서 척추의 3번째 뼈가 부러 지는 사고를 당했다. 그래도 며칠 밖에 쉬지 못하고 현장으로 달려 나갔다. 허리를 질질 끌며 연장주머니를 허리에 차고 일을 하면서도 움직일 때마다 허리가 끊어지는 듯하여 이를 악물며 참고 또 참았다. 부러진 허리뼈 치료도 제대로 하지 않고 일 년이 넘도록 아픈 허리를 부여잡고 일을 하다 도저히 견딜 수 없어 병원을 찾아가니 어떻게 이런 상태로 일을 했느냐고 의사가 혀를 찬다. 그래도 건축 일은 쉬지 않고 했다. 문제는 헌 집을 사서 고치는 동안 잠자리가 문제였다. 겨우 어찌어찌 하여 잠자리를 만들어 조금 살만하면 집을 팔아야 하기 때문에 또 이사를 해야 했지만 그래도 가족들은 불평 한마디 하지 않았다.

워낙 빈손으로 시작한 사업이라 하루 벌어 공사재료 구입하여 수리하고 은행 융자내면 바로 다음 은행융자를 걱정하면서 집수리에 매달렸다. 몸이 고달프니 서로가 힘들고 지쳐서 부부 싸움도 자주하고 이혼까지도 생각했으나 무사히 그 고비를 넘겼다. 물론 지금까지 아내는 근 20년을 매일 밤 10시부터 다음날 8시까지 꼬박 밤을 새워 일을 하고 있다. 내가 아닌 다른 사람과 살았다면 고생하지 않고 하고 싶은 일하며 보람 있게 살 텐데 나 같은 사람을 만나 이 고생을 하며 사는 게 아닌가 하는 생각이 들면 집사람에게 미안한 마음이 간절하다 못해 안쓰럽다. 정말 남편으로서 할 말이 없다. 못난 남편을 만나 갖은 고생을 한 아내에게는 지금도 고마움과 함께 미안한 마음뿐이다.

아내와 내가 갖은 고생하며 어떻게든 살아보려고 하는 사이에 어느덧 부모님도 팔순을 넘어 아버지께서는 고생 고생하시다가 세상을 떠나시고 어머니는 양로원에 모시게 되었다. 그러나 어머니는 치매가 점차 심하여 양로원에서 조차 힘들다고 모셔가라고 하여 나는 건축업을 중단하고 어머니를 모셔왔다. 남들도 남의 부모를 모시는데 엄니 뱃속에서 나온 내가 왜 어머니를 못 모실까 싶어 어머니를 모셔오게 된 것이다. 어머니는 오줌똥도 못 가리는 어린아이가 되어 자기 몸을 씻기는커녕 밥숟가락 하나 움직이지 못하는 상태로 되어 버렸다.

갓난아이가 되어 먹어도, 먹어도 배가 고프다는 어머니 곁에서 1년 반이라는 세월을 보내면서 순간적으로는 하루가 수십 년 같은 생각이 들 때가 있었지만 그래도 어머니를 최선을 다해 봉양했다. 결국 어머니는 앙상한 모습으로 내 품에 안겨 저 세상으로 떠나셨는데 그렇게 서러울 수가 없었다. 옛말에 부모 떠나면 다들 후회 한다고 하던 말이 그렇게 절절하게 가슴에 와 닿던 때도 없었다. 막상 어머니를 떠나 보내고 나니 자식이 7남매가 있으면서도 나 혼자서 어머니 임종을 지켜 형제들이 원망스럽기도 하였다. 그래도 한 생각을 돌려 내 품에 안기어 평안히 숨을 거둔 모습을 지켜보면서 이 불효자가 그래도 영광스런 게 아니었나 하는 생각이 든다.

건축회사를 설립하여 건축업을 하면서 또 한 가지 잘한 일이라고 생각되는 게 있는데 바로 페인트를 이용하여 대리석 효과를 내는 아이템이었다. 대리석 시공이라는 것은 돈도 많이 들고 시공기간도 많이 들지만 페인트로 대리석 효과를 낸다는 것은 정말 획기적인 발명이었다. 이를 "faux finish" 라 하는데 1997년 하와이에서 한국인으로는 처음으로 페인트 특수공법을 시공하여 우아한 대리석 효과를 내주었으니 당시 얼마나 이 아이템이 인기를 얻었는가는 두말할 필요도 없다.

그간 한눈 팔지 않고 앞만 보며 달려온 건축업은 2010년에 접었다. 그리고 이제는 그간 틈틈이 연마해온 예술 세계에 몰두하고 있다. 시집도 내고 동양화와 서예 개인전도 하고 또한 서예와 동양화 교실을 열어 왕성한 활동을 하고 있다. 그나마 하와이에는 동양화를 전문으로 하는 화가가 없어서 한국인의 자부심을 갖고 열심히 뛰고 있다.

　나의 이러한 활동은 화실 활동만으로 그치는 게 아니라 해마다 여러 한인단

● 하와이에 서예, 동양화 교실을 열어 학생들에게 동양화를 가르치고 있다.
(Calligraphy brush painting gallery in Hawaii, 17″ x 76″)

체행사 때나 하와이의 기념행사 등에 참가하여 한국의 풍속화, 서예 등을 시범하고 널리 알리고 있는 것이다. 특히 각종 기념행사의 배너(3″ x 13″)들을 직접 손으로 그리고 써서 제작하기도 하였으며 잉크로 그리는 초상화를 그려 행사 분위기를 돋우어주고 있다.

이민 110주년 때에는 한국 최초로 이민자 102명을 태우고 하와이로 들어온 갤릭호 모형(72″ × 24″ × 36″)을 크게 만들어 이민 110주년 기념행사장인 하와이 인화공원과 프린스호텔 기념장에서 선을 보여 큰 호평을 받은 바 있다. 이 작품은 현재 하와이 총영사관에 전시되어 있다. 갤릭호란 최초의 이민자들을 실어 나른 이민선으로 1902년 12월 22일 인천항을 출발하여 1903년 1월 13일 하와이에 도착한 배를 말한다.

나는 지난 이민 110주년 기념식 때 하와이 프린스호텔 (Hawaii prince Hotel)에서 열린 공식 만찬식전행사로 대붓(빗자루 글씨)을 이용하여 이민 110주년 휘호를 쓴 바 있으며 아울러 갤릭호의 나무 모형과 이민 풍속화 그림으로 개인전을 열어 언론으로부터 많은 주목을 받기도 하였다.

앞으로 기회가 된다면 하와이에 한국박물관을 열고 싶다. 그러한 준비 작업으로 나는 지금 다양한 한국의 옛 생활도구들을 똑같은 크기로 만들고 있으며 현재까지 최초 이민선 갤릭호 선박 모형, 청와대 모형, 베틀, 물레, 등잔, 100년 넘은 재봉틀, 100년 넘은 축음기, 맷돌, 지게, 작두, 절구통, 옛 시골 부엌 모양, 쟁기, 우마차, 똥 지게, 장승, 전통 혼례식 때 쓰는 가마와 오리 모형 등 도구 일체, 시골 초가집과 한옥의 대문그림 모형 등등 수십 가지의 모형을 나무로 제작하고 있다. 이러한 모형 작업은 하와이의 여러 커뮤니티에 한국을 알리기 위한 것이며 개인 박물관 또는 한인 문화회관 등을 이용하여 전시하고 싶다.

●하와이 이민 110주년 기념행사에서 휘호를 그리는 모습과 현지 언론 보도 기사
(Local media report of ceremony of 110th immigration anniversary)

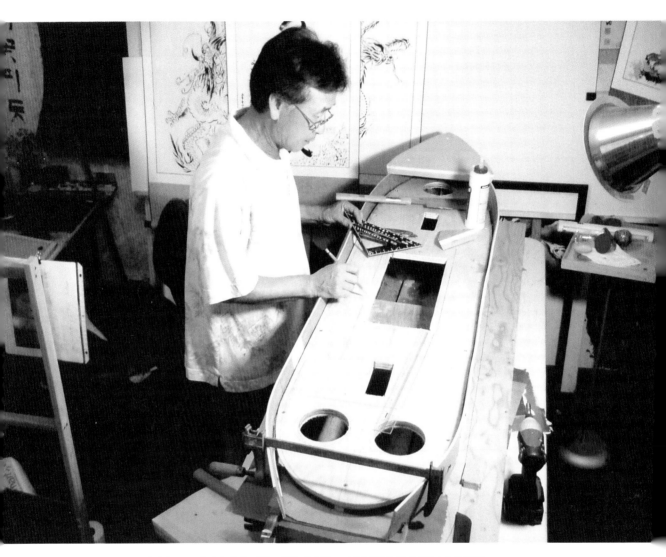

● 2013년 이민 110주년 기념 갤릭호 선박 모형을 제작하는 모습(이 작품은 현재 하와이에 전시 중)
(Modeling replica of Gaelic ship for 110th immigration anniversary)

2 하와이 이민 길
Immigration way to Hawaii

간다

간다

가방 들고 간다

간다

울지 마라 간다

푸른 하늘 고개 말 못하는 고개 넘어

눈뜬장님 벙어리 이민길

몸 팔러 간다

고향 냄새 찾으려

이제 가면 언제 돌아갈까

환한 웃음으로 가리라

기약도 없이 가는 이민길

간다

간다

가방 들고 간다

간다

울지 마라 간다

● 1903년 최초의 이민 출발 모습 (The way of immigration, 27″ ×18″)

1) 하와이 이민 배경

정든 고향을 떠나 낯설고 물 선 다른 나라에 가서 살려고 짐을 꾸리는 것은 무엇 때문일까? 오늘날에는 좀 더 나은 경제적인 풍요를 구가하기 위해서라든가 자녀들에게 좀 더 나은 교육환경을 만들어 주기 위해서와 같은 다양한 이민의 목적이 있겠으나 하와이로 초기에 떠난 한국인들은 오늘날의 이민 목적과는 조금 다른 출발을 보이고 있다.

한국인들의 하와이 이민은 일본인 노동자의 수적 우세에 대항하기 위한 농장

주의 전략적인 목적에 의해 진행 되었다. 1903~1905년 동안 한국인 이민이 진행 되었지만 중국인, 일본인 이민에 견주어 상대적으로 적은 수의 이민이 이루어져 한국인의 플랜테이션(plantation, 서양인이 자본·기술을 제공하고 열대의 노동에 견딜 수 있는 원주민·이주노동자의 값싼 노동력을 이용해서 단일경작을 하는 기업적인 농업경영) 점유율은 낮았다.

농장주들의 입장에서 볼 때 한국인들은 일본인 노동자를 대체 할 수 있는 새로운 민족이었으며 일본인들의 파업을 분쇄시키는 역할을 할 수 있기 때문에 한국인 이민을 계속 추진하고자 하였다. 당시 한국인들을 나라 밖으로 이주하게 만든 요인 가운데 가장 큰 요일을 꼽으라면 19세기 후반 한국의 정치, 경제, 사회적 혼란을 꼽을 수 있다. 특히 구한말에는 잦은 흉년으로 인해 농촌에 기근과 전염병이 만연하였다. 19세기 말 한반도를 둘러싼 서구 열강의 경쟁이 치열하였는데 이는 조선왕조의 약화를 가져와 미국(1882), 영국(1883), 독일(1883), 러시아(1884), 프랑스(1886) 등과 차례로 수호조약을 체결하기에 이르렀다. 이러한 과정에서 한반도의 지배권을 놓고 청일전쟁과 러일전쟁이 일어나 가옥과 경작지가 파괴 되는 등 조선인의 삶은 피폐해져 갔다. 전쟁, 식량난, 강압적인 세금, 증가하는 부채, 열강들의 침입으로 농민들의 경제 사정은 악화되어 결국 농민들은 모국을 떠나 만주나 시베리아 등지로 떠나야 하는 상황이 벌어졌던 것이며 하와이로의 선택도 같은 맥락이었다.

2) 하와이 이민 역사

● 하와이 이민 110주년 기념이라는 족자와 갤릭호 모형 앞에선 필자 (Author standing in front of Gaelic ship of 110th immigration anniversary)

한국인의 하와이 이민 과정에서 가장 주목되는 것은 미국 공사이자 선교사인 알렌 (H.N.Allen)의 활동이다. 그는 1884년 조선에 도착한 이후 고종 황제의 주치의로 발탁되어 황실의 신망을 얻었고, 이로 인해 조선의 정치문제에 깊이 관여하여 양국 정부 사이의 핵심적인 중재자로 큰 역할을 하였다. 알렌은 이민 관련 업무에 데쉴러를 추천하였고 데쉴러는 고종 황제로부터 하와이 이민 사업의 책임자로 임명되었다.

이후 1902년 12월 22일 월요일, 하와이 첫 이민단 121명이 인천 제물포에서 일본우선회사 현해환(겐카이마루)에 승선, 일본 나가사키 항을 향해 항해에 올랐다. 가족 친지들과 눈물의 이별을 한 이들은 12월 24일 나가사키 항에 도착하여 검역소에서 신체검사와 예방접종을 받고, 하와이로 가는 미국 태평양 횡단 기선 갤릭호(S.S Gaelic)에 승선했다. 처음 121명이 인천 제물포를 떠났으나 일본 나가사키에서 신체검사를 받고 19명이 탈락, 102명만이 갤릭호를 타고 1903년 1월 13일 하와이 호놀룰루에 도착하였다. 하와이에 첫 발을 내디딘 이민자들은 고국을 떠난 지 23일 만에 호놀룰루에 입항하였다. 이들은 검역과 입국 절차를 마치고 협궤열차에 탑승하여 오아후 섬 와이알루아(Waialua)농장 모쿨레이아(Mpkuleia)에서 본격적인 이민 생활을 시작하였다.

1905년 하와이에는 약 65개의 농장에 5,000여명의 한인 노동자들이 혼합 농장에서 다른 민족들과 더불어 생활했다. 사탕수수농장에서는 십장인 '루나' 의 감시를 받았고 뜨거운 햇빛 아래서 힘든 노동도 견뎌야만 했다. 그러나 그들에게 가장 어려웠던 것은 농장에서의 규칙적인 생활과 제도의 압박감이었다. 한 달 일을 마치면 목걸이처럼 걸고 다녔던 번호에 따라 현금으로 월급을 받았다. 1905년까지 어른 남자의 월급은 한 달에 17달러 정도였고, 여자나 소년들은 하루에 50센트를 받았다.

이 당시 혼기를 훌쩍 넘긴 노총각들의 결혼 문제는 초기 이민자들의 정착을 어렵게 하는 가장 큰 문제 가운데 하나였다. 그 당시 남성의 수가 여성보다 10배나 더 많아 배우자를 구하기가 매우 어려웠던 것이다. 이를 해소하기 위한 궁여지책이 사진결혼이었다. 1910년부터 1924년까지 중매쟁이를 통해 약 700여 명 정도의 사진신부들이 결혼하기 위해 하와이로 건너왔다. 사진만 보고 결혼을 하다 보니 그들의 평균 나이 차이는 무려 15살이나 되는 경우도 있었다. 이로서 본격적인 초기 한인 사회가 형성되기 시작하였고, 사진신부들 또한 개척자로서 강인하고 적극적인 삶을 꾸려나갔다. 그 뿐만이 아니다.

제물포항의 긴 뱃 고동소리
형제자매 뒤로하고
고향산천 떠나가던 날

오뉴월 뜨거운 태양은
갑판 위로 녹아내리고
알몸뚱이 홀로 버려진
사탕수수밭

가죽채찍 맞으며

받아든 피멍든 동전 모아

조국의 독립에

기꺼이 보내시던 님

다시 태어나도

조국을 위해서라면

떠나올 수 있으리

다시 태어나도

광복을 위해서라면

하와이 사탕수수밭

그 검은 태양을 견뎌 내리라.

위는 여성독립운동가를 발굴하여 시를 쓰는 이윤옥 시인의 '하와이 사탕수수밭에서 부른 광복의 노래' 라는 시로 그는 하와이 이민자 '강원신(康元信, 1887~1977)' 애국지사를 이렇게 노래했다.

평양에서 태어나 열여덟 살 되던 해인 1905년 5월 남편과 함께 하와이로 노동이민을 한 강원신 애국지사는 하와이 도착 뒤, 가파올라 사탕농장과 에와 사탕농장에서 힘든 노동을 하며 남편의 학업을 뒷바라지한 것으로 유명하다. 남편의 성공에는 이와 같은 아내들의 헌신이 따랐음을 지나칠 수 없다. 이민 초기에 열악한 사탕수수밭에서 허리 한번 펴지 못하고 노동에 시달리던 동포들이었지만 빼앗긴 나라를 걱정하고 두고 온 고향 땅의 부모형제를 그리며 알뜰살뜰 모은 돈을 송금하면서 값진 삶터를 가꾸었던 역사를 되돌아보면 아무리 오늘 우리가 어렵다고는 해도 어디선가 힘이 불끈 솟는 느낌이다.

현재 700만에 이르는 해외 동포들은 하와이를 포함한 세계 각국에 진출하여 불굴의 의지로 삶의 터전을 가꿔나가면서 대한민국의 위상을 크게 드높이고 있다.

3 나의 35년 **하와이**
My 35 years in Hawaii

● 하와이 오아후섬 (Tour for oʻahu Islands 27ʺx18ʺ)

1) 나는 하와이를 이렇게 알고 있다

하와이라고 하면 흔히 파인애플과 사탕수수의 고장으로 알려졌으나 지금은 약간 주춤한 상태로 이러한 농산물보다는 관광산업이 더 활성화 되어가고 있는 느낌이다. 하와이는 1782년 카메하메하(Kamehameha) 1세가 모든 섬을 통일시켜 하와이 왕국으로 삼았으며 오아후(Oahu)섬이 중심지 역할을 하고 있다.

하와이 총인구는 138만 여명으로 추정되고 있으며 하와이 중심지인 호놀룰루에 96만 명 정도가 살고 있고, 노란 부용꽃(Yellow Hibiscus)은 하와이의 상징이다. 미국이란 땅은 너무나 커서 하와이 시간은 서부(L.A) 지역과 2시간 차이가 있고 뉴욕 동부와는 근 6시간의 차이가 있다.

계절의 변화가 심하지 않으며 덥지도 춥지도 않은 알맞은 기후인데다가 공기와 물이 깨끗한 천혜의 자연경관은 세계인들의 발길을 유혹하고 있어 세계 최고의 휴양지로 각광 받는 곳이다. 북 태평양 동쪽에 있는 하와이는 8개의 섬으로 구성되어 있는데 하와이 큰 섬을 비롯하여 오아후(Oahu), 마우이(Maui), 몰로가이(Molokai), 라나이(Lanai), 카우아이(Kauai), 카호올라웨 등으로 이루어졌으며 그 가운데 오하우섬이 하와이주의 소재지이며 '하와이' 라는 말은 작은 고향이라는 뜻이다.

각 섬마다 각각 다른 국립공원 관광명소가 있으며 사람이 살지 않는 섬도 있다. 열대지방에 속하지만 쾌적한 기후와 맑은 공기 등 환경오염이 안 된 땅이라 지하수를 뽑아 올려 생활식수로 쓰며 하와이 수돗물은 천연수이므로 미네랄이 풍부하다.

하와이는 처음에 미국선교사들이 처음 들어왔으며 1852년부터 사탕수수농장의 노동력부족으로 중국인들이 들어오기 시작하여 1868년부터 일본인 그리고 훨씬 뒤에 필리핀인들이 들어와 농업에 종사하였다. 이후 한국인 이민자들도 들어와 부족한 사탕수수밭에서 노동력을 제공하게 되었다.

1941년 진주만(Pearl harbor)에 미국의 태평양함대가 정박했는데 일본군의 기습으로 전멸되어 그 뒤 미군은 보복으로 당시 거대한 군함 미주리호를 일본 앞바다에 세워두고 원자폭탄을 투하해 일본의 항복을 받아내게 된다. 그만큼 이곳은 태평양 군사상의 요충지로서 미태평양사령부, 태평양함대, 태평양잠수함대 등 많은 군사령부가 있으며 육군의 스코필드, 카네호헤 해병기지와 힉캄 공군기지가 있고, 하와이 부근에서는 특수지역이라고 할 정도로 유사시 활동할 수 있는 태평양 해상훈련 곧 해군들의 림팩 훈련을 2년 마다 하고 있는 곳이다.

태평양전쟁이 마무리되고 1959년 8월 21일자로 미국 하와이 주로 승격을 하게 된 뒤 이곳 하와이는 전 세계의 인종이 이민 와 살고 있는데 외지인들의 이주로 인해 하와이 원주민은 해마다 감소하는 편이며 2만 명이 채 안 된다는 통계이다. 이민자 중에서도 특히 동양계가 많은 곳으로 한인 동포는 5만 여명 살고 있다. 한국은 2013년도에 하와이 이민 110주년을 맞이한 바 있다.

하와이는 다양한 인종들이 살고 있는 만큼 각종 문화행사가 즐비한데 대표적인 것으로는 4월의 "Spam Jam festival" 이다. 이때는 온 가족이 참여하는 다양한 하와이 퓨전음식을 체험할 수 있다. 또한 5월에는 "Lei day festival"이 열려 하와이를 상징하는 꽃 목걸이 레이를 기념하며 다양한 음식과 훌라춤을 체험할 수 있다. 또한 "Hawaii book & music festival"라는 새로 나온 책을 알리는 문화행사도 있으며 "Lantern floating Hawaii"는 해마다 메모리얼데이에 알라모아나 비치 파크에서 수천 명의 사람들이 모여 등불을 바다에 띄워 고인의 명복을 비는 행사로 수천 개의 등불이 장관을 이룬다.

6월의 "King kamehameha lie draping ceremony"는 하와이 최초의 통일 왕조를 이룩한 카메하메하 대왕의 탄생을 기념하는 행사로 대형 레이를 동상 목에 걸고 꽃 퍼레이드와 훌라춤 쇼 그리고 수많은 밴드들이 참여하는 화려한 행사로 이 밖에도 다채로운 행사가 많다.

2) 하와이에서 꼭 보아야 할 "29곳"

주요 섬마다 특징이 있어 하나하나 알아보기로 한다. 하와이 중심부인 오아후 섬은 주에서 세 번째의 큰 섬으로 하와이 인구 중 80%가 살고 있는 곳이고 정치, 경제, 금융, 종합병원, 대학 등이 자리 잡고 있다. 또한 관광의 중심지로 동서 문화의 중추적 역할을 하고 있다. 호놀룰루는 다양한 문화를 지닌 도시로서 해마다 5~600만 이상의 방문객이 찾는다.

1. 이올라니 궁전 (Iolani palace)

1882년에 칼라카우아 국왕이 건립한 유일한 왕조의 역사관으로 미국 내의 유일한 궁전으로 널리 알려져 있다. 당시 사용했던 침실, 무도회장, 하와이 최초 수세식 화장실 등 여왕이 칼라카우아 왕조계에서 떠날 때까지 사용했던 100개 정도의 방들을 잘 보존 하고 있는 곳 중의 하나다. 가이드와 동반하여 관람도 가능한데 궁전 뒤쪽의 거대한 밴연나무는 장관이며 기념 촬영 장소로 그만이다. 밴연나무(보리수의 일종)는 나뭇가지에서 가지가 뿌리처럼 땅으로 자라서 땅에 닿으면 뿌리를 내려 마치 수십 개의 나무가 심어진 모습이지만 실제로는 한 몸이다. 라하이나 올드 타운에는 무려 800평짜리 그늘을 만드는 거대한 밴연나무가 공원의 지붕을 이루고 있다.

● 하와이에 유일하게 남아 있는 이올라니 궁전 (Iolani palace)

2. 주정부청사 (The State Capitol)

주정부 청사는 블록 식의 건물로서 하와이 8개의 섬을 뜻하는 형상으로 물위에 서 있는 기둥 모습인데 1969년 3월에 완공했다. 청사중앙은 지붕이 없으며 1층 로비중앙에서 하늘을 볼 수 있다. 주지사와 부지사 집무실 그리고 상하 양원의 회의장 및 각 의원 사무실 등으로 쓰고 있다. 한센병(문둥병) 환자를 위하여 평생을 바친 데미안 신부의 동상이 1층 로비 앞에 세워져 있고 하와이 명곡인 알로하오에를 작사 작곡했던 하와이 제8대 왕조 릴리우오 칼라니 여왕의 동상이 건물 뒤편에 세워져 있다.

● 주정부청사 (The State Capitol)

3. 킹 카메하메하 동상 (Kam statue)

하와이를 처음으로 통일시킨 주역으로 카메하메하 왕을 위하여 약 6m가 넘는 긴 꽃 목걸이로 목과 어깨 팔을 감고 있는 모습으로 웅장한 동상을 만들었다. 해마다 6월 11일은 주공휴일로 정해 대왕의 탄생기념을 뜻하는 화려한 퍼레이드가 열린다.

● 하와이 8개 섬을 하나의 하와이로 통일 시킨 카메하메하 왕 동상 (Kam statue)

4. 알로하 타워 (Aloha tower)

옛날엔 교통수단으로 배를 주로 이용했는데 배들이 드나드는 항구 입구에 1921년 세워진 시계탑은 적의 기습공격을 피하기 위하여 색깔로 위장하여 보존하였으며 하와이 항구의 관문역할을 해왔다. 10층은 전망대로 시내를 한눈에 내려다 볼 수 있고 9층은 박물관으로 되어 다양한 문화와 역사를 만나볼 수 있다. 타워를 둘러싼 마켓 플레이스(Marketplace, 상업지구)에는 다양한 먹거리와 쇼핑을 즐길 수 있게 조성하여 무료 문화 강습활동을 하며 항구에는 세계여행의 우아한 크루즈 여행 선박들이 정착하고 있다.

● 예전에는 항해하는 배를 위해 등대 역할을 했고, 겸하여 전쟁 때 관측대로 이용했던 시계탑 (Aloha tower)

5. 펀치볼 국립묘지 (Punch bowl National Memorial Cemetery of the Pacific)

정식 명칭은 태평양지역 국립묘지이나 지역이 펀치볼처럼 움푹 들어갔다고 하여 생긴 애칭이다. 150m의 사화산 분화구이며 미국 국립기념묘지로서 제2차 세계대전과 한국전쟁, 월남전 등에서 목숨을 바친 미군병사들이 안치되어 있는 곳이다. 양지바르고 확 트인 하늘이 잘 올려다 보여 묘지보다는 공원 느낌을 주는 곳으로 주요 행사 때마다 추도식이 열리며 호놀룰루의 중심에 있어 시내를 한눈에 볼 수 있는 전망이 좋은 곳이다.

● 세계 전쟁 희생자들을 추모하는 국립묘지 (Punch bowl National Memorial Cemetery of the Pacific)

6. 와이키키 비치 (Wakiki beach)

하와이의 대명사로 일컬어지는 와이키키해변은 카피올라니 공원에서부터 서쪽 힐튼 하와이 안 빌리지까지 이어지는 해변이다. 비치웨어 차림으로 야자수거리를 활보하는 여유로운 휴양을 즐길 수 있으며 한해 내내 수영을 할 수 있다. 해변을 따라 호텔이 줄 지어 있어 하와이 최고의 관광지로 손꼽히고 있고 열대지방의 동식물을 만나 볼 수 있는 동물원(Honoulul zoo)도 빼놓을 수 없으며 열대 해양 생물, 조개류, 사나 초 등 희귀한 어류를 만날 수 있는 와이키키 수족관은 그리 크지는 않지만 볼만한 곳이다.

● 하와이 오하우 와이키키해변 전경 (Wakiki beach, 27˝x18˝)

7. 다이아몬드 헤드 (Diamond head)

와이키키 해변과 더불어 오아후섬의 대표적인 관광명소로 알려져 있는 곳으로 다이아몬드는 화산의 분화구이다. 분화구에 있는 암석이 먼 바다에서 볼 때 햇빛에 반짝거려 마치 다이아몬드처럼 빛난다 하여 다이아몬드 헤드라고 불리게 되었다. 높이는 222m 용암으로 형성되어 있으며 정상까지 올라가다 보면 용암동굴과 100개가 넘는 계단을 지나 정상으로 올라가는 하이킹 코스로 유명하며 하와이를 상징하는 대표적인 위치에 있어 호놀룰루 시내 어느 곳에서나 다이아몬드 산을 볼 수 있다.

● 다이아몬드 산에 오르면 호놀룰루시가 한 눈에 다 들어온다. (Diamond head)

8. 카피올라니 공원 (Kapioani park)

와이키키해변의 동쪽 끝에서 다이아몬드헤드 기슭까지를 말하며 1876년부터 공원으로 조성되었고 하와이에서 가장 큰 규모이다. 밴연나무 가로수 길과 넓은 잔디밭 등은 시원한 휴식공간을 제공하며 공원 안에는 테니스코트, 축구장, 폴로 경기장(polo, 구기의 하나인데 1팀 4명으로 구성된 2팀이 각각 말을 타고 하키와 같이 스틱으로 볼을 쳐서 상대편 골에 볼을 넣어 득점을 겨루는 경기)뿐만이 아니라 야외음악당 동물원, 수족관, 피크닉이 가능한 시설을 갖추고 있어 여러 나라의 축제 등 각종 문화 쇼가 열린다. 특히 해마다 7월에는 이곳에서 코리언 페스티벌이 성대하게 열린다.

● 다이아몬드산 아래에 자리 잡고 있는 넓은 잔디공원에서 코리안페스티벌 행사를 하고 있는 모습
(2012 Hawaii Korean festival, 27″x18″)

9. 탄탈루스 (Tantalus round)

　호놀룰루 시내 뒤편 나무숲 속을 올라가다 보면 호놀룰루 시내를 한눈으로
다 내려다 볼 수 있는 높이 634m의 휴화산으로 특히 야경이 아름답다.

● 모아나루아 정원(Moanalua garden)의 수백 년이 넘는 거대한 나무들 (Centuries-old gigantic trees)

10. 진주만 (Pearl harbor)

　19세기 이전까지만 해도 풍부하게 나던 진주를 만들어 내는 굴 때문에 이러한 이름으로 불리게 되었으며 그 당시만 해도 수심이 얕기 때문에 항구로 쓰지 않았다. 그러나 미군의 방어기지를 건설하기 위하여 이 지역에 준설작업을 했으며 당시만 해도 세계에서 가장 큰 규모의 미군기지와 조선소가 들어서 있었다. 그러나 평화로운 일요일 아침 1941년 12월 7일 일본군의 전투기는 미군의 잠수함을 무차별적으로 기습 공격하여 진주만은 불바다가 되어 버렸다. 약 800kg의 폭탄을 맞아 9분 만에 침몰하는 바람에 1,177명의 해군병사가 전사하는 등 미군은 엄청난 피해를 당했다. 그 결과 미군의 보복이 이어졌고 당시 미주리호 갑판 위에서 맥아더 장군은 일본군의 항복을 받아냈다. 지금도 미주리호는 진주만 아리조나 앞에 정착하여 이곳을 찾는 방문객에게 당시의 역사를 증언하고 있다.

● 진주만 (Pearl harbor)

11. 팔리전망대 (Pali lookout)

　호놀룰루에서 갈리우아로 넘어가는 중간지점 바람산이라 불리는 팔리 전망대에 올라가면 카네호에 시내를 내려다 볼 수 있으며 산 넘어 계곡 아래서 불어오는 바람이 강하여 가만히 서있기가 힘들 정도의 강한 바람을 만나는 곳이다. 이곳은 과거에 하와이를 통일한 카메하메하 왕의 마지막 격전지였기에 기념비가 있다. 기념비에는 그 당시의 상황을 보여주는 그림이 그려져 있다. 시원한 바람과 함께 아름다운 하와이의 전망을 즐길 수 있다.

● 팔리전망대에 있는 하와이를 통일한 카메하메하 왕의 마지막 전투 모습 (Pali lookout)

12. 한반도 형태의 마을 (Mariners ridge)

　멀리서 보면 한반도 지도와 쏙 빼어 닮은 모양을 하고 있어 한국 사람들이 한반도 형태의 마을(Mariners ridge)이라 이름을 붙였다.

● 산 중턱에 있는 마을 모습이 한반도와 같은 모습을 하고 있는 하와이카이의 한 마을 (Mariners ridge)

13. 하나우마베이 Hanauma bay)

　　호놀룰루의 동쪽 하와이카이 바로 옆 고개를 넘어가는 언덕아래에 자리 잡고 있으며 굽은 만이라는 의미 그대로 완만한 곡선을 그리는 해변으로 두 개의 화산 구가 합하여 둥근 모양을 하고 있다. 하와이의 고대왕족 대부터 즐겨 찾았던 곳 으로 세계적으로 유명한 스노클링(숨대롱–스노클을 이용하여 잠수를 즐기는 스 포츠) 장소로 산호초가 많은데 다이빙 장비를 갖추고 바다에 들어가면 수십 종의 크고 작은 물고기들과 가까이서 수영을 할 수 있다.

● 옛 전통이 살아 있는 오아후 동북쪽에 있는 아늑한 해변 (Hanauma bay)

14. 샌디비치 (Sandy beach)

호놀룰루의 동쪽에 위치하여 조용하며 지상의 낙원이 따로 없다는 기분을 느낄 수 있을 만큼 확 트인 곳으로 사람의 마음을 사로잡는다. 파도가 좀 높은 편이지만 서핑하기 좋으며 젊은이들이 좋아하는 곳이다.

15. 블로우홀 관망대 (Blowhole lookout)

가슴이 확 트이는 지평선이 바로 앞에 보이는 곳에 블로우홀은 바다 돌 속에서 물이 하늘 높이 솟아올라 오는 걸 볼 수 있다. 하와이를 방문한다면 꼭 한번은 가볼 만한 곳으로 유명하다.

● 바닷가 돌 속에서 물이 하늘 높이 솟는 블루오홀 관망대와 샌디비치 전경 (Blowhole lookout, Sandy beach)

16. 마카푸 포인트 (Makapuu head)

오아후섬 동쪽 끝에 있으며 쾌청한 날엔 바로 옆 섬인 마우이와 몰로가이섬이 또렷이 보인다. 오아후섬과 몰로가이섬 사이는 초봄이면 수백 마리의 고래 떼를 구경 할 수 있으며 바로 옆 해양공원 씨라이프 파크(Sealift park)는 세계유일의 홀핀고래와 300,000 갤론의 수족관이 있다. 특히 어린이들이 좋아하는 곳이다. 그 옆의 조그만 섬은 일명 사자섬이라 부르며 사자머리와 쏙 빼 닮은 형태의 모양을 이루고 있다.

● 마카푸 포인트에서 보이는 사자섬 (Makapuu head)

93

17. 쿠알로아 랜치 (Kualoa ranch)

오아후의 북동쪽에 자리 잡은 곳으로 깊은 열대 우림에서부터 푸른 바닷가에 펼쳐진 하와이의 멋진 자연환경을 한눈에 볼 수 있는 곳이다. 이곳은 예전에 하와이 왕족들이 신이 내린 신선한 땅이라 하여 대자연을 그대로 보전해오는 곳인데 목장으로 운영하며 쥬라기 공원, 고질라, 첫 키스만 50번째의 촬영장소로도 유명하다. 병풍처럼 둘러싼 그림 같은 절벽을 배경으로 여러 가지 활동을 즐길 수 있고 정글지프 승마, 사륜오토바이(ATV, All Terrain Vehicle, 사륜형 이륜자동차), 가든 투어 등을 즐길 수 있으며, 전 세계 많은 이들이 찾는 곳이다.

● 원주민들이 신이 내린 신선한 곳으로 여기는 쿠알로아 목장은 영화촬영지로 이용하고 있다. (Kualoa ranch)

18. 라니카이 와 카일루아 비치 (Lanikai, Kailua beach)

카일루아와 라니카이 비치는 세계에서 가장 아름다운 해변으로 꼽히는 하와이의 유명한 해변 가운데 한 곳이다. 한적하고 조용한 분위기에 빨려 들어 갈 것 같은 맑은 물과 주택가 좁은 담장 길을 따라 가다 보면 흰빛의 부드럽고 고운 모래사장이 해변가의 야자수와 어울려 평온한 느낌을 준다.

● 끝없이 펼쳐진 긴 모래 해변 카일루아 비치 (Lanikai, Kailua beach)

19. 폴리네시안 민속촌 (Polynesian center)

하와이 폴리네시안 민속촌은 와이키키에서 북쪽으로 약 1시간 좀 넘는 거리에 자리 잡고 있으며 일곱 폴리네시아 나라 곧 통가, 사모아, 타이티, 휘지, 뉴질랜드, 마르케사스, 하와이에서 온 원주민들이 여러 가지 독특한 문화, 관습, 전통춤 등 각 섬 마다 다른 풍습을 시간대별로 다양하게 펼쳐 보여 방문객을 사로잡는다. 섬 나라의 전통 춤도 배우고 토속 음식도 맛볼 수 있는 기회도 있는가 하면 하와이 옛 모습을 엿볼 수도 있다. 또한 훌라댄스도 관람할 수 있으며 저녁 디너쇼가 장관을 이룬다.

● 하와이 전통을 알리는 폴리네시안 민속촌 (Polynesian center)

20. 노스쇼어 (North shore)

　세계적인 명성을 갖고 있는 서핑의 슈퍼볼이라 불리는 반스 트리플 크라운 오브 서핑 대회를 포함해 세계 최정상급 서핑 대회가 열리는 곳으로 겨울이면 관광객들로 넘쳐난다. 겨울철이면 계절풍으로 거대한 파도가 12 피트(6m)의 높이로 치며 금방이라도 삼켜버릴 듯 밀려오는 파도는 감탄사를 연발하게 하는 관광코스로 알려져 있다.

● 세계적으로 유명한 서핑 장소인 노스쇼어 비치 (North shore)

21. 돌 파인애플 농장 (Dole plantation)

　끝없이 펼쳐진 파인애플 농장(돌 농장, Dole Plantation) 한가운데 세워진 파인애플 전시관으로 각 나라 별로 각기 다른 파인애플을 볼 수 있고 파인애플로 만든 상큼한 아이스크림도 맛볼 수 있다. 또한 이곳은 빠져 나오는 곳을 찾기 위해 한 시간은 투자해야 한다는 "플랜테이션 미로" 와 증기기관차도 명물이다. 한국인들도 "돌(Dole)" 이란 상표가 붙은 파인애플 상자를 익히 보았을 만큼 세계적인 농장이다.

● 하와이 명물인 돌 파인애플 (Dole plantation)

22. 마우이 섬 (Maui)

　최고의 로맨틱한 섬으로 휴양지이자 신혼여행지로 널리 알려져 있는 섬으로 인구밀도가 적어 조용하게 쉴 수 있는 곳이다. 마우이를 자랑하는 은빛모래와 아름다운 경관이 일품이며 1990년부터 시작된 마우이 양파 축제는 이곳이 세계적으로 유명한 양파 산지임을 자랑한다. 또한 마우이 맥주 축제는 마우이에서 제조한 최초의 맥주를 선보이며 그 외 와인 축제도 있다. 마우이는 계곡의 섬으로 불리는데 계곡마다 전설이 깃들어있으며 하와이 옛날 왕조의 수도로 그 가운데 헬레아칼라 국립공원이 유명하다. 이곳은 우주적인 상상력을 자극하게 할 만큼 신비로운 곳으로 이른 아침 전망대로 오르면 구름이 저 발아래 깔려 있을 만큼 시야가 탁 트이며 구름을 뚫고 올라오는 찬란한 해돋이에 소원을 빌기도 한다. 산악드라이브를 즐기면서 이곳에서만 자라나는 산식물인 은검초를 볼 수 있다.

23. 빅아일랜드 (Hawaii Island)

　하와이는 오아후섬의 7배가 되는 큰 섬으로 두 개의 봉우리가 웅장하다. 웅장한 자연 속에 두 개의 대형 폭포는 말 그대로 장관이며 국립공원으로 지상에서 가장 활발히 분출하는 화산의 하나인 킬라우에가 있고, 용암이 계속 흘러 바다를 메우고 있어 섬이 점점 넓어지고 있음을 알 수 있다. 워낙 넓어 섬이라기보다는 대륙 같은 인상을 준다. 넓은 숲 속은 희귀한 매, 꿀먹이 새, 해피페이스 거미, 철박쥐 등의 서식처로 알려져 있고 해발 5,581m의 마우나로아산은 겨울엔 눈으로 덮여있는데 산의 고도에 따라 식물 분포가 다를 정도로 다양한 식물들이 자란다.

24. 라나이 섬 (Lanai)

파인애플 섬이라고 불리는데 일명 비밀의 섬이라고 알려져 있으며 재미있는 섬이다. 작지만 신들의 정원이라고 불릴 만큼 신비스러우며 사람들이 바글거리지 않고 조용하게 휴식을 취하는 사람에게 적합한 곳이다.

25. 몰로가이 섬 (Molokai)

5번째로 큰 섬으로 오아후섬과 마우이섬 사이에 있으며 주로 원주민들이 많이 살고 있다. 원주민들이 옛 방식으로 살아가는 모습을 볼 수 있는 곳으로 신이 내린 태양과 함께 잠들 수 있는 고요한 지상의 낙원으로 알려져 있다.

26. 카우아이 섬 (Kauai)

조그마한 섬으로 인적이 드물며 섬 전체가 울창한 수목으로 덮여 있어 정원의 섬이라 불리는데 오염되지 않고 때 묻지 않은 자연 그대로의 모습이 보존되어 있는 곳으로 명성이 높다. 또한 카우아이 폴리네시안 페스티벌은 타히티·마오리·사모안·하와이안 등 폴리네시안 각 부족들이 참가하여 각 섬의 전통 공예 예술을 솔로와 댄스로 경연대회를 벌이는 등 볼거리가 푸짐한 섬이다.

27. 니하우 섬 (Ntihau)

가장 남쪽에 자리 잡고 있으며 작은 환상의 섬으로 불릴 만큼 섬 구석구석이 환상적이고 신비로운 곳이다.

28. 카호올라웨 섬 (Kahoolawe)

섬이 작은데다가 편의 시설들이 갖추어 있지 않아 무인도라고 불릴 정도다.

29. 그 외 볼만한 곳

와이키키 밤거리(Waikiki walk)는 서울의 명동거리와 같은 밤거리로 예술가들의 거리이다. 아름다운 음악과 여러 가지 볼거리로 시간가는 줄 모르는 곳이다.

호놀룰루 미술관(Honolulu academy of arts)은 하와이 최대 미술관으로 전세계 유명 화가들의 작품을 시대별로 감상할 수 있다.

비숍 박물관(Bishop museum)은 2,000여종의 자료가 전시되어 있고 폴리네시아의 역사를 만나볼 수 있다.

예스 쇼(Yes show)는 손에 땀을 쥐게 하는 멋진 진기 명기의 매직 쇼로 색다른 분위기를 느낄 수 있다. 하와이의 낭만적인 분위기 속에 코믹과 재담으로 관객을 사로잡는 멋진 진기 명기 쇼이다.

크리에이션(Creation)은 하와이의 아름다움을 최상의 연출과 무대기법으로 표현하는 초특급의 버라이어티 쇼를 하는 곳으로 태초의 하와이에서 현재까지 시대별로 나누어 정열적인 춤과 화려한 의상으로 다이나믹하게 표현하는 쇼로 명성이 높다.

아틀란티스 잠수함(Atlantis submarines)은 수정같이 맑고 푸르른 하와이의 바다 밑을 탐험할 수 있는 곳으로 해양 동식물과 산호초 등을 볼 수 있는 흥미 진지한 잠수함 여행이다.

중국모자바위 섬은 쿠알로아랜치 앞바다에 조그마한 섬으로 중국인의 모자 모습을 하고 있다고 하여 모자 섬이라고 한다.

새우 양식장은 새우를 잡아 포장마차처럼 둘러 앉아 맛을 보는 곳으로 그 특이한 별미는 지나가는 방문객들이 지나칠 수 없을 만큼 알려져 있는 곳이다.

선셋비치는 긴 모래사장으로 겨울은 서핑으로 장관이고 여름은 피서객들로 지상의 낙원이 되는 곳이다.

모아나루아 가든(Moanalua garden)은 넓은 정원에 여러 그루의 수백 년 된 나무를 보는 순간 감탄이 절로 나오며 한국의 유한양행 로고가 떠오르게 된다.

마카하 샌드비치는 하와이 서쪽 끝에 있으며 조용하고 쾌적한 느낌을 주는 곳이다. 특히 밤낚시를 즐기는 이가 많으며 모래사장에 누어 밤하늘의 야경을 보면 다이아몬드 같은 별들이 금방이라도 쏟아 질것만 같아 고향생각을 저절로 나게 한다.

인터내셔널 마켓 플레이스(International market place)는 와이키키 내에 있는 하와이 재래시장으로 1975년부터 문을 열어 하와이 느낌이 물씬 풍기는 토산품을 팔고 있다. 구경을 하면서 다양한 음식도 저렴하게 맛볼 수 있어 많은 사람들로 항상 붐비며 건너편에는 로얄 하와이언 쇼핑센터(Royal Hawaiian shopping center)가 자리 잡고 있어 복합 쇼핑시설로 명품 브랜드부터 캐주얼브랜드 레스토랑 토산품점이 모여 있다.

3) 하와이 여행 할 때 알아두면 좋은 것들

하와이는 태평양 가운데 섬으로 자리 잡고 있어 동양과 서양의 많은 관광객들이 모이는 관광도시로서 "Aloha State" 라고 불린다. 하와이에 오면 흔히 듣는 소리가 알로하(aloha!)라는 말인데 이는 환영한다는 뜻으로 사랑 친절 존중 배려 화합 이별을 담고 있으나 주로 '안녕하세요. 잘 가세요' 라는 뜻으로 보면 된다. 특히 이 말에는 나의 것을 나누겠다는 깊은 의미를 지니고 있는 알로하 정신(Aloha Spirit)이란 것이 들어 있다니 단순한 인사말이 아님을 알 수 있다. 눈부시게 푸른 하늘과 드넓은 바다는 감탄사가 절로 나오는 경관으로 찾는 이들이 사계절 넘치는데 간단한 하와이 언어와 역사, 문화를 알고 여행한다면 더욱 재미있고 풍성하고 값진 여행이 될 것이다. 하와이에서 최고로 꼽는 것은 물과 공기다. 하와이는 무지개 주라고 할 정도로 무지개가 자주 뜨며 매일 밤 한차례 비가 내려 더러운 먼지를 씻어 내리고 아침에는 깨끗한 이슬비가 내려 대지를 촉촉이 적신다. 하와이는 지하수를 수돗물로 쓰고 있으며 그대로 마셔도 좋을 정도로 수질이 좋은 물이다. 하와이는 한국과 달리 110V/60hz를 사용한다.

도량형 단위

무게단위가 한국과 다르다. 하와이에서 1파운드(lb) 라고 하면 453g 정도 되며 1갤론(gal)은 3.78리터, 1인치(in)는 2.54센티미터이다.

담배 피우기와 금연 구역 그리고 술 마시기

담배는 흡연 장소에서만 피워야 하며 담배를 살 때 신분증을 보여주어야 하고 실제 나이를 확인한 다음 살 수 있다. 대부분의 쇼핑센터나 레스토랑, 해변, 공원 등의 공공장소에서는 금연이며 호텔 객실 내에서도 피울 수 없는 등 흡연에 대해 매우 까다로운 편이다. 아울러 미국은 술 판매 역시 까다로워 21세 이하는 술을 주문 시 신분증을 제시해야 하며 만약 신분증을 갖고 있지 않거나 거부할 경우 술을 살 수도 없고 마실 수도 없다. 참고로 하와이는 모든 공원과 해변 같은 공공 장소에서는 술 마시는 것을 금하고 있다.

팁 제도

레스토랑이나 카페 등을 이용할 때는 팁 제도가 있어 계산 시 총액에 보통 10~15%정도를 팁으로 주면 된다. 팁을 줄 때는 예의 있게 주는 게 좋다.

교통수단과 요금

여행을 하다 보면 가이드 없이 다닐 경우 버스 택시 렌터카트롤리로 이용하면 되는데 버스는 시스템이 잘되어 있으며 하와이의 경우 성인 $2.50이고, 청소년은 $1.25로 지정된 시간 안에 두 번을 이용할 수 있다.

또한 렌터카는 공항이나 와이키키에서 이용 할 수 있으나 차를 빌릴 때 외국인인 경우 운전 면허증과 여권, 신용카드가 있어야 차를 빌릴 수 있다. 빌리는 비용은 차종이나 회사에 따라 다르며 하루 $40.00~ 85.00불까지 하며 운전하기 전에 자기가 차에 대하여 잘 살펴 확인하고 운행하는 게 바람직하고 차를 돌려줄 때에는 빌릴 때와 똑같이 연료를 채워주어야 한다.

택시이용 시 하와이는 콜택시제도로 운영하고 있으며 택시회사에 전화하여 자기가 있는 위치를 알려주면 몇 분 안으로 오게 되며 택시 또한 요금에 팁을 더하여 주면 된다.

또한 트롤리(trolley)는 오하후의 관광지와 쇼핑센터 등을 운행하며 색깔 별로 노선이 다른데 이용 시 패스티켓을 구입하면 이용횟수에 제한 없이 이용이 가능하다.

그리고 하와이주 법에서는 운전 중 휴대폰이나 전자기기를 손에 들고 사용하는 것을 엄격히 금하고 있으며 위반 시에는 벌금이 부과된다. 이점을 주의하면 바람직한 여행을 할 수 있을 것이다.

먹거리와 쇼핑

하와이에서 쇼핑할 수 있는 곳은 와이키키 쇼핑, 알라모아나 센터, 펄래지 쇼핑센터, 와이캘레 쇼핑센터 등에서 할 수 있다. 알라모아나 쇼핑센터는 최고급 브랜드매장과 로컬매장, 주요 백화점이 들어서있으며 수십 개의 고급 레스토랑이 있어 세계 여러 나라의 음식을 맛볼 수 있는 먹거리장터(푸드 코트)가 있다. 또한 센터 코트에 무료 훌라쇼도 열리고 있다.

와이캘레 쇼핑은 아울렛으로 수십 가지의 브랜드와 명품매장으로 최고의 할인가로 만나볼 수 있는 곳이다. 이곳은 와이키키의 주요 호텔 앞까지 픽업서비스가 가능하여 쇼핑을 편하게 즐길 수 있도록 교통편의를 제공 하고 있다.

쇼핑에 이어 먹거리는 여행 중 가장 큰 비중을 차지한다. 그러나 레스토랑에서 지켜야 할 예절이 있다. 로마에 가면 로마법을 따르라는 말이 있듯이 하와이에 오면 하와이 레스토랑 예절을 지켜야 즐거운 음식을 맛볼 수 있으며 동시에 즐거움을 누릴 수 있다.

예약제 식당이 많다

음식을 주문하여 밖으로 가져가 먹는 테이크 아웃 식당이 있는가 하면 대부분 레스토랑에 들어가면 직원이 좌석을 안내해 줄 때까지 기다려야 하며 만약 원하는 자리가 필요하다면 직원에게 가능한지를 물어 보면 된다. 주로 레스토랑에서 술을 판매하고 있지만 만약 술을 가지고 들어가면 대부분은 콜키치 차지라 하여 약간의 돈을 내고 가지고 가서 마실 수 있다. 서양 레스토랑은 식사만 하기보다는 사람들과 친밀한 대화를 나누며 사교의 장소로 여기며 식당의 대부분은 해수욕장 스타일의 캐주얼 한 옷차림의 입장을 불허하는 곳도 많다.

또한 대개의 식당은 예약제로 운영하는 곳이 많다. 레스토랑은 사전에 꼭 예약을 함으로써 기다리지 않고 시간을 맞추어 식사를 할 수 있으며 예약할 때에는 이름과 연락처 일시 인원 등을 알려주면 된다. 예약시간은 반드시 지켜야 하며 예약을 어길 경우 취소 될 수 있다.

와이키키에서는 저녁을 즐기며 다양한 디너쇼를 패키지로 즐길 수 있다. 그런가 하면 야경을 맛보며 식사가 가능한 크루즈는 낭만적인 와이키키 해안 야경을 감상하며 흥겨운 폴리네시안 디너쇼와 아울러 와이키키의 열정을 그대로 옮겨 놓은 듯한 활기찬 시간을 보낼 수 있다. 크루즈는 디너 식사와 칵테일 장소로서는 더할 수 없는 곳으로 크루즈 디너 보트는 예약제로 운영되나 당일 직접 가능한 곳도 있다.

다음으로 하와이는 해양스포츠를 빼놓을 수 없는 곳이다. 편안하게 숨을 쉬면서 바다 속을 여행하는 수중 스쿠터와 서핑레슨으로 파도를 탈수 있게 교습(레슨)을 해주는가 하면 하와이 바다 속의 아름다운 산호와 형형색색의 열대어 무리를 관찰할 수 있는 아틀란티스 잠수함이 있으며 돌고래 스노클링 크루즈로 돌고래뿐만 아니라 바다거북 등도 볼 수 있다.

스쿠버 다이빙처럼 특별한 기술 없이도 편하게 바닷속을 감상할 수 있는 씨워커여행이 있고 카네오헤 베이 해양스포츠로 모래 섬 위에서 해양스포츠를 즐기며 보트에 이끌려 하늘로 날아오르는 짜릿한 패러 세일링이 있는가 하면 상어무리를 체험하는 기회도 있다. 또한 야생 흑등고래를 관찰할 수 있는데 이들은 12월부터 4월의 겨울시즌에 새끼를 낳기 위해 하와이 바다에 돌아와 장관을 이룬다.

또한 낚시를 좋아하는 분을 위하여 하와이 바다전문가인 캡틴과 함께하는 와이키키 앞바다 낚시투어도 있으며 그 외 많은 볼거리가 있다.

4) 하와이 한인들의 생활

나의 하와이 생활은 본토 시카고에서의 5년을 빼면 만 30년이 된다. 진도가 고향이지만 하와이에서 보낸 30년이란 시간은 제2의 고향이라고 해도 손색이 없는 시간들이다.

제2의 고향 하와이에는 수십 개의 한인모임과 단체가 활동하고 있다. 교민들이 선출하여 만든 한인회 역사는 나의 하와이 생활과 맞먹는 30여 년 정도라고 말할 수 있다. 이 가운데는 열심히 활동하고 있는 단체도 있고 더러는 이름만 걸어두고 있는 단체도 있다.

단체가 많다 보니 제 각각의 주장과 목표가 있어 때로는 서로 그 뜻이 달라 불협화음을 보이기도 하지만 그래도 한인 커뮤니티라는 큰 둘레에서는 서로 협조하고 있다는 느낌도 든다. 이 가운데 종교 단체는 100여 군데가 있는데 일반단체든 종교단체든 한민족의 구심체로서 앞으로도 유기적인 협조와 상부상조하는 모임이 되었으면 하는 바람이다.

30년의 연륜을 가진 하와이 한인회의 시급한 일은 무엇보다도 한인문화회관 건립이라고 본다. 그런데 회관 건립이 지연되고 있어 안타깝다. 현재 문화회관추진위원회(이하 문추위)란 이름으로 모은 기부금과 한인단체들의 봉사로 모금한 기부금 그리고 한국정부에서의 지원금을 모두 한곳으로 모아 한인문화회관을 건립해야 하는데 그 주체를 놓고 아직도 시원한 결말을 보지 못하는 것은 유감이다. 한인회에서는 한인공동 단체이므로 한인회가 주관하여야 한다고 하고 문추위는 옛한인회장들이 그간 모은 돈을 개인용도로 써버려 한인회를 믿을 수 없다며 문화회관 건립을 문추위가 주관하겠다고 서로 팽팽한 줄다리기를 하고 있는 것은 안

타까운 일이다. 그러나 한인회장단이 써버려 문제가 된 기금은 다시 기금 모금을 추진하고 있어 다행이나 이로 인해 한인사회가 소란스러운 것은 유감이다. 한발 자국씩 서로 양보하여 동포사회의 올바른 소통을 이루어내고 위상을 정립하는 것은 물론 다른 민족과의 문화교류와 우호증진의 길로 나아가길 간절히 바라는 바이다. 어느 나라든 어느 조직이든 한 가지 목표를 설정하여 그 뜻을 이루기까지 에는 수많은 시행착오와 의견 대립이 있게 마련이다. 그러나 고국을 떠나 객지에 나와서 까지 서로의 주장만을 고수하는 것은 바람직하지 않다고 본다. 대의를 위해 자질구레한 부분은 서로 양보하면서 성숙한 모습으로 하루 속히 한인문화회관의 건립을 위해 질주했으면 한다.

문추위의 주장처럼 어렵사리 모아놓은 건립기금이 개인의 용도로 전용되어 버리는 일에 대해 이를 문제삼지 않을 동포는 없다고 본다. 나 역시 피와 땀으로 모은 많은 돈을 같은 동포에게 사기를 당하고 보니 특히 이런 기금의 철저한 관리 는 아무리 강조해도 지나친 일이 아니라는 생각이다. 동포들 간에 도움은 못 주더 라도 서로 헐뜯고 남의 소중한 재산을 정당하지 못한 방법으로 갈취하는 일은 이 제 없어져야만 한다. 그래서 서로 신뢰하여 살기 좋은 한인사회의 구성원으로 살 아갔으면 하는 바람 간절하다.

물론 한국 동포끼리는 말할 것도 없지만 하와이 현지인과도 문화교류의 전승 등에 대한 배려와 이해가 필요하다는 생각이다. 한국전통무용단만 해도 그렇다. 할라함 한국전통무용단은 하와이 한인 최초 무용단으로 현 원장은 한국 사람이 아닌 금발의 미국인이다. 그는 지금까지 50여 년간 외국여자로서 한국무용을 배워 수많은 제자를 길러냈다. 그의 스승인 할라함 (한국여성)이 20년 전 세상을 떠나는 바람에 miss, Mary Jo Fresbley는 수제자로서 한인 못지않은 뛰어난 실력으로 한국무용을 하와이에 전수하고 있으나 근래 또 다른 한국무용단이 생겨 오랫동안 한국무용에 바쳐온 그의 입지가 어려운 상황이라고 한다. 새로운 뜻을 품고 무용단을 만드는 것은 좋지만 예전부터 노력해온 사람들과도 지속적인 상호교류가 있었으면 하는 마음이다. 비단 이것은 무용단에만 해당 되는 것은 아니다.

하와이는 다민족 사회임에도 모두 열심히 살아가고 있다. 그 속에서 한인들도 나름대로 최선을 다하고 있으나 서로 협조하는 마음이 부족해 보인다. 개개인은 모두 똑똑한데 말이다. 누군가 나서서 하와이 한인들을 위하여 무슨 일을 하려면 반대부터 하고 나서는 사람들이 반드시 있다. 타협이라든가 의논 같은 것이 부족하다. 필리핀, 일본, 중국인 등은 서로 도와 번듯한 자기 나라의 문화회관을 지어 각종 전통행사 등을 수시로 열고 있는데 이민 110년의 역사를 지닌 한인들은 아직도 문화회관 하나 건립을 못하고 서로 헐뜯고 있는 것을 보면 부끄러운 생각이 든다. 하루 속히 한인문화회관이 들어서길 바란다.

5) 내가 보는 미국의 경기는?

원스톱쇼핑(One stop shopping)으로 경제는 흐른다. 우리가 성공하려면 많은 정보를 알아야 한다. "아는 것이 힘이다." 라는 말도 있지 않은가! 지금 시대는 원스톱쇼핑만이 클 수밖에 없다. 그 뜻은 내가 여러 가지를 알아야 남의 손을 빌리지 않고 자기의 계획을 세울 수 있다는 것이다. 그러다 보니 남보다 더 부지런히 뛰어야 한다. 어떤 사람은 "왜 그렇게 힘들게 사느냐? 사람이 죽을 때는 있는 사람이나 없는 사람이나 빈손으로 가는데..." 라며 적당히 하라는 사람도 있지만 내 생각은 다르다. 사람으로 태어나 사람답게 살다 가야 보람 있는 인생길이 아닌가 생각한다. 힘들다고 포기하면 자기의 타고난 운명과 사주가 엇갈리게 된다.

물론 한국 사람들은 빨리 빨리라는 것이 몸에 배어서 기다리기 힘들어 한다. 한방에 출세를 하고자 하는 사람들이 많고 나 자신 또한 그러한 생각을 안 했던 것은 아니다. 기다리고 느긋한 시간을 요하는 주식투자나 부동산 등은 시간과의 싸움이다. 이와 같이 이민자의 생활도 시간 활용에 따라 성패가 좌우된다. 시간이 곧 돈인 것이다. 그간 불철주야 뛰면서 내가 보아온 35년간 미국의 경기 흐름은 10년마다 변화가 있었던 것 같은 생각이 든다. 그리고 2004년까지만 해도 그리 변화가 심하지는 않았다. 그러다가 2005년 갑자기 부동산이 오르고 서민들은 집사기가 어려워지기 시작하여 부동산 거래가 줄어들기 시작했다. 이러한 현상이 점차 심화되어가더니 경기가 곤두박질치기 시작하였다.

그 뒤 몇 년간 은행융자금에 대한 이자를 내지 못하는 사람이 많아지자 정부에서는 각주마다 비상체제로 들어가는가 하면 공무원 무급휴가제를 실시하기에 이르렀다. 또한 국가에서 은행이자를 낮추어주는 제도를 실시하고 있지만 경기변화의 예측이 어렵게 되었다. 과거 10년 단위로 경기 순환이 이뤄졌다면 지금은 10년이 지나도 예측하기 어려운 상황이다.

경기가 좋지 않은 것과 대형쇼핑몰의 성황이 무슨 함수관계인지는 몰라도 사람들이 시간을 아끼고자 하는지 요즈음은 대형쇼핑센터로 몰리고 있는 추세이다. 이러다 보니 자기 몸으로 때워 먹고 사는 조그만 사업들은 예전 같지 않고 점점 힘들어진다. 쇼핑센터고 식당이고 거대한 자본들이 자본의 힘으로 밀어붙이다 보니 소규모 자영업자들이 발붙일 곳이 점점 줄어드는 게 현실이다. 미국의 1970년 대만 해도 서민들이 그렇게 살기가 어렵지는 않았다. 그때만 해도 일손이 부족하여 지나가는 사람이라도 붙들어 일을 시키고 싶을 정도였다. 그러나 지금은 컴퓨터로 일을 하는 세상이라 직원이 필요 없는 세상이 되었다. 내가 보는 미국의 경제는 불투명하다는 것이 정답이다. 그렇다고 그냥 주저앉으라는 것은 아니다. 쇼핑의 예를 든다면 원스톱쇼핑화 되어 가듯이 시대의 흐름에 맞는 일자리와 사업 구상이 필요하다는 것이다.

6) 내가 알고 있는 하와이 유학은?

우리네 머릿속에 유학이란 외국의 발전된 문화와 기술 등을 배우고 연마하기 위해 남의 나라에 가서 공부하는 것으로 알고 있지만 요즈음 하와이로 유학 온 사람들을 살펴보면 그렇지도 않은 것 같다.

유학생 대상의 임대업을 하다 보니 유학 목적과는 다른 방향으로 살아가는 유학생들의 모습도 종종 눈에 띈다. 공부는 형식에 불과하고 돈을 벌어 술, 담배, 남녀 교제비용으로 쓰면서 유학의 소중한 시간을 허비하는 학생들을 꽤 많이 보아왔다. 그러다 보니 자연 본래 목적이던 유학생활과는 거리가 먼 생활을 하다가 겨우 어학연수 정도를 마치고 귀국해가지고는 유학하고 왔다고 폼 재는 친구들도 있다.

그러나 모두 그런 것은 아니다. 정말 목숨 걸고 공부에 전념하는 학생들도 있다. 마음만 먹으면 미국은 공부하기 좋은 곳이다. 하와이도 비교적 대학생활은 자유로우며 모든 것은 지도교수와 긴밀한 협조를 통해 해결 할 수 있다. 영주권자라면 좀 더 여러 가지 혜택을 받을 수 있으나 그러나 유학생 신분으로 영주권을 얻기는 쉽지 않다. 더러는 대학을 졸업하고 회사에 취업한 뒤 영주권을 신청하는 경우도 있다.

하와이 유학생의 활동은?

하와이는 미국의 50번째 주로서 일 년 내내 쾌적한 날씨와 자연환경이 아름다운 곳으로 한국의 초여름 같은 날씨다. 사계절 반소매 옷을 입고 미국 내에서 가장 안전한 치안상태를 자랑하며 뛰어난 국립, 사립교육 프로그램을 갖춘 학교들이 많아 영어권 교육의 새로운 성지로 떠오르고 있다. 영어 공부 이외에도 하와이 G.V.센터에서는 학생들에게 문화적 소양과 가치 있는 더 많은 경험을 쌓을 수 있도록 적극 지원해주고 있으며 현지 봉사활동을 통해 하와이 사회와의 소통을 돕고 있다.

또한 특별활동을 통해 다양한 스포츠를 체험할 수 있도록 하고 와이키키 해변과 알라 모아나 비치공원 등에서는 항상 이러한 학생들을 위한 프로그램을 준비해놓고 있다. 보편적으로 커뮤니티 칼리지는 고등학교 졸업장만 있으면 간단한 절차를 걸쳐 입학이 가능하며 2년간 좋은 GPA를 받아 신용(Credits) 만 쌓아 놓으면 하와이대학에 편입이 가능하며 학비 또한 국립이라서 저렴하게 다닐 수 있다.

7) 유학교육기관

하와이 주립대학 (University of Hawaii)

1907년에 설립하였고 섬으로 이루어진 주로서 하와이 전 지역에 10개의 캠퍼스와 여러 개의 교육센터 및 연구센터가 분산되어 있다. 또한 하와이 주립대학 내 2개의 도서관이 있어 언제든지 도서관에서 자료를 찾아 공부를 할 수 있는 곳으로 호놀룰루의 중심지인 마노아 캠퍼스에 자리 잡고 있다. 미국 내에서도 알아주는 전공학과가 많아 미국본토에서도 많이 유학 오는 추세이며 세계 여러 나라에서 주목하여 현재 유학생들이 점차로 늘어가고 있다.

교수 당 학생은 10명 정도 비율이며 기숙사 또한 완벽하다.

● 하와이 마노아 캠퍼스 안에 있는 한국학 센터 (U H Manoa Korean Language Flagship Center)

하와이대학 카피올라니 커뮤니티 칼리지 (Kapioiani Community College)

1964년에 설립되어 하와이 주립대학 (U.H) 캠퍼스 가운데 학생이 제법 많은 큰 규모의 대학이다. KCC에서 2년 교육과정을 밟아 일정한 학점을 이수한 다음 UH에 편입하는 게 보통이다. 카피올라니 커뮤니티 칼리지 캠퍼스는 와이키키에서 5분 거리이며 다이아몬드 쪽에 자리 잡고 있어 호놀룰루 어느 곳에서나 접근이 쉬운 교통이 편리한 곳에 자리 잡고 있다.

하와이 퍼시픽 대학 (Hawaii Pacific University)

1965년에 설립된 비영리 사립대학으로 셔틀로 연결된 3개의 유학 캠퍼스가 있다. HPC호놀룰루의 다운타운가 캠퍼스 외에 캠퍼스 간의 유기적인 연대가 잘되어 있으며 많은 유학생들이 활동하고 있다.

호놀루루 커뮤니티 칼리지 (Honolulu Community College)

HCC 커뮤니티 컬리지 캠퍼스 또한 UH와 연결되어 있으나 주로 전문기술 계통의 교육기관으로 널리 알려져 있는 편이다.

리워드 커뮤니티 칼리지 (LeeWard Community College)

호놀룰루 오아우섬 서부 쪽에 있으며 많은 학생들이 교육에 임하고 있다.

그 외 어학원 college도 많이 있어 영어연수 교육을 받기에 좋은 곳이 많다.

8) 유학생들의 숙박문제는?

학교 기숙사를 이용하면 별문제는 없을 것이다. 또는 친인척집에 덤으로 있을 수 있으나 대부분은 아파트를 빌려 혼자 살거나 친한 친구와 같이 룸메이트로 지내는 경우가 많다. 아파트 구입방법은 인터넷을 이용하거나 지역 내 신문, 잡지광고를 참고하여도 좋다. 아파트 임대는 건물이 입지와 시설에 따라 다르나 호놀룰루인 경우, 방 하나와 부엌 응접실 그리고 화장실이 있는 것을 원배드룸(One bed room)이라고 하며 월 700불부터 1200불 또는 그 이상도 있다. 아파트 계약은 보증금으로 한 달 임대비를 걸어야 하는 게 보통이며 만약 거주하다가 다른 곳으로 이사를 할 경우 깨끗이 청소를 하고 나가야 하며 건물에 망가트린 곳이 있다면 보증금에서 수리비를 제외한 나머지만 돌려준다.

9) 유학생의 생활비는?

유학생활이란 그리 쉬운 것은 아니다. 80년대만 해도 하와이는 한국 마켓도 찾아보기 어렵고 한국 음식을 맛보기도 쉽지 않았다. 그러나 그 뒤 이민제도가 바뀌어 많은 한국인들이 들어오게 되어 지금 하와이는 한국인지 미국인지 모를 정도로 한국음식점과 그로서리마켓(식료품가게) 등 생활용품 구하기가 쉽다. 그러나 하와이는 물가가 좀 비싸 생활비가 부담스럽긴 하다. 경우에 따라서는 파트타임으로 일하는 유학생들도 많다. 각 학교마다 장학금 제도를 잘 활용하는 것도 좋은 방법이다. 물론 장학금 신청은 학교생활을 잘해야 하며 학점은 꼭 상위 점수를 받지 않아도 학교봉사 등 신용(credits)이 좋으면 장학금 신청을 할 수 있다.

10) 교통문제는?

  유학생들의 주요 교통수단은 버스를 이용한다. 더러는 모터스쿠터 또는 자전거를 이용하는 경우도 있지만 요즘 유학생들은 승용차로 다니는 학생들도 많다. 그러나 승용차는 관리비가 만만치 않다. 주차비, 차량보험, 기름값 또한 무시 못한다. 하와이는 버스 패스시스템은 나름대로 잘되어 있는 편이다. 버스패스는 매월 월정액 패스와 1회용 버스패스가 있는데 월정액패스는 한 달 내내 몇 번을 이용하던 제한이 없으며 1회용 버스 패스는 보통 어린이 $1.00이며 성인은 $2.50에 지정된 시간 내에 두 번을 사용할 수 있다. 주로 버스패스는 매달 구입하여 승차 시 기사에게 보여주며 하와이 내에 어느 노선이나 관계없이 사용할 수 있다. 하와이 버스는 시간 별로 배차간격이 다르다. 출퇴근 때는 5분 간격, 그렇지 않을 때는 30분 정도의 배차 간격이 있는 곳도 있다. 또한 주말과 공휴일 등에는 배차간격이 더 크므로 이를 확인하고 이용하는 게 좋다.

4 이민생활의 나의 소견
My findings of immigrant life

1) 힘들었던 점

이민생활 중 어려움을 꼽으라면 단연코 의사소통이라고 말할 수 있다. 내가 이민을 시작한 1980년에는 한국 사람이 그리 많지 않던 시절이었다. 그러다 보니 어쩌다 만난 한국 사람이 무척이나 반가웠다. 영어가 시원치 않던 나로서는 거의 초기에는 벙어리 생활이었다. 단돈 200달러를 손에 들고 이민이란 것을 떠났으니 오죽했으랴. 당시 혼자 살 수 있는 방 값은 380달러였는데 그 돈이 없어 남의 집 지하실에 쭈그려 앉아서 밤을 보내고 있을 때 다행히도 직장을 잡아 일을 하게 되었다. 그러나 살집을 구한 게 아니라 작은 자동차를 먼저 샀다. 집은 없어도 차가 있어야 움직일 수 있기에 빠듯한 돈으로 차를 사고 나니 여전히 잠자리를 해결 할 곳이 없어 작은 아파트를 마련할 때까지 비좁은 차 안이 나의 방이었다. 우그리고 차 안에서 자다 눈이 떠질 때가 있다. 먼동이 트려면 아직 이른 시각 이 생각 저 생각으로 몸을 뒤척이다 뜬눈으로 새벽을 맞은 적이 한두 번이 아니다.

잠자리도 잠자리지만 영어는 정말 죽을 맛이었다. 알고 있는 말이라곤 "I don' t Know." 가 고작이었으니 지금 생각해도 어찌 헤쳐 나왔나 싶어 혼자서 빙그레 웃어 보곤 한다. 하와이에서 청소 일을 하다 큰 꿈을 갖고 본토로 건너가서 들어간 회사가 통운화물회사였다. 그곳 창고에서 일을 하게 되었으나 의사소통이 어려워 말 한마디 못하고 그저 몸으로 때울 수밖에 없었다. 사무실에서 무엇 하나 물어보면 알아들을 수 없고 무어라 하는지 도무지 몰라 무조건 "I don' t know." 라고 하면 더 이상은 물어보지 않았다. 그 순간을 면하고 돌아섰는데 또 누군가가 말을 걸어오면 무서워 서서히 피하곤 했다. 그리고도 할 수 없을 땐 기어들어가는 목소리로 겨우 "yes. I don' t know." 라고 했다. 그때는 참으로 부끄럽기도 하고 짜증나기도 했지만 좌절할 수가 없었다. 영어를 못하기 때문에 회사에 남으려면 몸으로나마 열심히 해야 하기에 누구보다도 일찍 출근하여 청소도하고 몸이 아픈 날도 회사에 빠지는 일이 없었다.

회사직원들은 나더러 "Mr. I don' t know" 라고 놀려댔지만 화를 내고 싶어도 속상하다는 말조차 알 수 없으니 그저 묵묵히 듣고 참을 수밖에 없었다. 그러나 일 하나만은 열심히 해서 그랬는지 내가 없으면 "where is Mr. I don' t know." 라고 나를 찾곤 했다.

한번은 일요일인데 출근해야 하는 날이 있었다. 점심시간 회사직원들과 햄버거가게에 가게 되었는데 나에게 장벽인 영어투성이인 메뉴를 보고 주문을 할 수가 없었다. 모두 다 먹고 있는데 메뉴 판만 쳐다보다 바로 옆에서 "와-퍼" 라고 하기에 무엇인가 하고 기다려보니 커다란 빵이 나온다. 아뿔싸 저거다 싶어 나도 따라서 "와-퍼" 했더니 알아들었는지 모르는지 뭔가를 다시 물어온다. 음료수는 무엇으로 할 거냐는 소리였나 본데 뭐라 묻는지 몰라 "노" 라고 한 게 화근이었다.

남들은 모두 마실 것도 주는데 나에게는 달랑 빵 한 덩이만 준다. 물이나 주스라도 있으면 잘 넘어 갈 텐데 그 마른 빵을 먹는 둥 마는 둥 하고 회사로 돌아와 물을 벌컥벌컥 먹었던 일은 지금도 잊히지가 않는다. 이런 것이 바로 이민의 추억이 아닌가 싶다.

"Mr. I don't know" 라는 별명까지 얻었던 그때 그 외로움과 괴로움을 어찌 잊으랴. 영어가 무엇이기에 돈으로 살 수만 있다면 빚을 내어서라도 사서 언어 불편 없이 살아갈 텐데 이렇게 내 인생을 가로막는가 싶을 때는 자신에게 화도 나고 견딜 수 없는 시간이 있었지만 그 조차 참아내야 했다.

한번은 오기가 나서 배워보려고 마음을 먹고 배우고 또 배워 이제는 그런대로 의사소통에는 지장이 없게 되었다. 그런데 산 넘어 산이라고 이제는 컴퓨터가 등장하여 내 앞을 가로막는다. 없어서는 안 되는 물건이지만 이 역시 배우는 일이 쉽지 않다. 어찌어찌 예전에 영어 배우듯 겨우 익혀서 중요 서류를 만드는 과정에서 순식간에 날아가 버리는 경험을 하고부터는 속상하기보다 두려움이 앞선다. 그럴 때는 영어로 하는 욕이 있는데 "빡"이라고 나도 모르게 나오곤 한다. 물론 이메일이라는 것은 참 편하다. 바로 연락하면 바로 해답이 오곤 하니까 말이다.

요즈음엔 남녀 간의 사랑이야기도 이메일로 주고받는다 한다. 옛날에는 서로가 종이에 글을 써 봉투에 넣어서 우표를 붙여 편지를 보내고 그 답이 올 때까지 우체부 아저씨만 기다리곤 했는데 지금 사람들은 그걸 이해하기나 할는지 의문스럽다. 요즘은 사랑도 기계식 다시 말해서 컴퓨터 식으로 연애를 하는 것이다. 그러나 예전에는 그러지 않았다. 그러다가는 인간의 삶이 기계화 될 것만 같다.

지난날 영어 때문에 고통 받았는데 그렇다고 지금 영어가 완전히 해결 된 것은 아니다. 컴퓨터시대로 들어선 지금은 어려움이 하나 더 늘었다. 바로 컴퓨터가 일상화 되면서 컴퓨터와 싸워야 하는 시대를 만난 것이다. 발 빠르게 기능을 익히지 못하다 보니 자주 "빡큐!" 라는 욕이 절로 나지만 "컴퓨터도 사람이 만들었다"는 생각을 하면 조금은 마음의 여유가 생긴다.

2) 이민 가정생활

사람 사는 곳은 어디나 마찬가지일 것이다. 미국 외에는 살아 본적이 없어 잘 모르지만 그러나 미국이란 나라는 돈이 있으나 없으나 먹고 사는 건 별 차이가 없다. 오히려 없는 사람은 이렇게 사나 저렇게 사나 마찬가지다라고 하면서 미국

사람들은 돈이 조금이라도 생기면 막 써버리는 경향이 있다.

어쩌면 그것이 더 좋은 생각인지는 모르지만 한국 사람들은 열심히 살려고 노력하고 열심히 돈을 모아 집도 마련하는 편이다. 옛날에 어느 미국사람이 하던 말이 기억난다. 늙으면 연금이 나오는데 왜 그렇게 일만하느냐는 말을 들은 적이 있다. 물론 어떤 것이 옳은 것인지는 앞으로 두고 봐야 할 일이다. 그러나 사람은 항시 돈을 벌 수 있는 것은 아니다. 내가 돈을 벌려고 한다고 돈이 따르는 것은 아니다. 돈도 한때가 있는 것이라고 나는 말하고 싶다. 또한 돈이라는 게 항상 따르는 게 아니고 따를 때 열심히 일해야 한다고 생각한다.

앞으로의 세상은 있는 자와 없는 자의 차이가 더욱 극심해 질 것으로 생각한다. 돈 있는 자는 돈이 돈을 버는 세상이라 직장을 다니며 큰돈을 벌기는 힘들 것이다. 빈부의 격차가 심해질수록 중산층은 줄어들고 살기 힘들 것이다. 이러한 것은 앞으로 어느 곳이나 마찬가지겠지만 부양가족이 많을수록 일을 열심히 해야 할 것이다.

특히 미국은 여자 그리고 어린이 또한 노약자가 대부분 우선이다. 예를 들어 버스를 기다릴 때 역시 노약자가 먼저다. 그보다 더 신경 써야 할 것은 가정폭력이다. 한국 사람은 자식들을 공부시키려고 열성이다. 그러다 보면 언쟁이 있을 때도 있다. 그럴 때 조심해야만 한다. 나도 하마터면 어린이 학대로 재판을 받을 뻔했다. 애들이란 게 놀면 더 놀려고 한다. 학교를 가는 날인데 가지 않으려 하다가 내가 학교로 전화하여 알아버렸다. 나도 모르게 화가나 아이에게 거짓말했다며 전화기를 던져버린 게 하필 뒤통수를 맞아 버렸다. 아이는 학교에 가서 친구들에게 말했는데 그만 아이들이 선생에게 말을 해버린 것이다. 그날 바로 선생은 "어린이보호관리업무소"에 연락하여 입장이 난처하게 되어버렸으나 주변 사람들의 도움으로 간신히 해결된 적이 있다. 경고를 받은 것이다. 미국에서 가정폭력과 어린이 학대로 부모들이 유치장에 들어가는 걸 많이 보고 들었다.

어떤 가정은 가정이 파탄 나는 집도 있다. 이민 가정뿐만이 아니다. 미국인들 또한 가정 다툼을 많이 한다. 다툼이란 이해와 소통이 부족하여 생기는 것으로 옛날에 견주면 특히 이민 생활에 이혼이 흔하다. 물론 먹기 살려고 하다 보니 서로가 배려를 못하고 이해가 부족해서 생기는 일이기도 하다.

세상은 빠르게 변하고 있다. 옛날에는 전화도 없었고 서로의 연락수단이란 겨우 우편뿐이었으므로 서로가 기다려주고 그러는 사이에 정도 깊이 들었지만 요즘은 상대방 얼굴을 보는 것보다 휴대폰만 쳐다보며 의사소통을 하는 시대이다. 편지 쓰는 것 보다 이메일을 손쉽게 하다 보니 상대방에 대해 느끼는 감정도 훨씬 적다. 그러다 보니 의사 소통력이 떨어지게 되어 이혼이 느는 것이 아닌가 하는 생각이다.

3) 나의 시골 예배당에서

미국에 들어와 십 년이 되는 동안 나는 가끔 한인이 모인 교회를 다녔다. 내가 처음으로 교회에 간 것은 고향 진도에서였다. 어린 철부지 시절 동네에 있던 조그만 예배당엘 나갔다. 어린 시절 고향에서는 농사를 짓지 않으면 먹고 살기가 힘들었고 그때야말로 식량이 그리 풍부하지 않던 시절이었다. 돌아보면 그때는 보리밥이 그렇게 먹기 싫었다. 그 시절에는 보리밥과 고구마 등이 주식이었다. 지금처럼 쌀이 흔해 하얀 쌀밥을 먹기는 쉬운 일이 아니었다. 그러나 지금은 우리가 옛날에 먹기 싫어하던 보리밥이 건강식품으로 인기를 차지하고 있으니 격세지감을 느끼게 된다. 입 속에서 밥알이 굴러다닐 정도로 까칠한 보리밥을 죽지 못해 먹을 수밖에 없던 시절이었다. 보리밥은 먹고 나면 방귀도 자주 나왔다. 시골학교에 싸갔던 보리밥 도시락 속에는 반찬이라고는 소금에 절인 퍼런 김치가 고작이었다. 중학교 진학률도 높지 않던 그 시절 학교는 꽤 멀었다.

집에서 학교로 가는 길목은 작은 언덕이 있었고 거기에 조그만 시골교회가 있었다. 초가지붕에는 비라도 내리고 나면 물 자국이 생겼는데 가을이 되면 동네 저 동네에서 모은 볏 집으로 이엉을 해주었다. 목사님은 조그만 목사관에서 지냈는데 지금처럼 담임목사가 있는 게 아니고 선교사로 시골에 내려와 많이 있어봐야 2-3년 정도 있다가 떠나곤 했던 기억이다. 규모는 작았지만 그래도 장로도 있고 집사도 있었다. 그러나 시골에서는 전도하기가 무척 힘들었을 것이다. 좋은 말씀을 전해도 들은 체 만 체하기 일쑤였다. 부모님은 교회에 발걸음을 하지 않았다. 그러나 어린 시절 나는 예배당 종소리가 울리면 동네 친구들과 모여 교회로 향하곤 했다. 아무것도 모르고 그냥 예배당에 가 마룻바닥에 무릎을 꿇고 앉아 기도랍시고 눈을 감았던 생각이 난다. 그리고 헌금도 했는데 금액은 1~20원 정도였는데 매미채처럼 생긴 헌금 통에 직접 돈을 집어넣던 생각도 난다. 한편 성경공부도 열심히 했던 것 같다. 그땐 우편 성경공부라고 해서 교재를

집으로 보냈는데 아마도 그 이름은 엠마오성경학교였던 것 같다. 그곳에 성경공부를 신청하면 성경공부 문제집을 보내주었다. 문제집을 다 풀어 우표를 동봉하여 보내면 채점하여 다음 문제집을 보내주곤 했다. 문제는 단계별로 있어 차츰차츰 어려운 공부까지 했던 기억이 난다.

어느 날 시골 예배당 목사님으로부터 세례를 받으라는 말씀에 동네 산중턱에 물 맑은 저수지가 있는데 목사님을 따라 몇 사람이 각각 물에 들어가 물세례를 받은 기억이 떠오른다. 그러나 미국에 들어와서는 나이 먹도록 이민생활에만 몰두 하였다. 그러다가 어느 날 아내가 하는 말이 우리도 쉬는 날은 애들과 가족끼리 어딘가를 가자는 말에 그럼 애들이 친구라도 사귀도록 교회를 나가는 게 좋겠다는 생각을 하던 무렵 황 목사님의 전도로 하와이 크리스천교회를 나가게 되었다. 그러나 교회를 나가는 날보다 빠지는 날이 더 많았다. 생활이 바쁘니 어쩔 수 없지만 지금도 같은 교회를 꾸준히 다니고 있다.

그러나 기도는 아무리 하여도 제대로 된 기도 하나 없고 허수아비 같이 그 자리에 서서 새들을 제대로 쫓지도 못하고 새들에게 알곡을 모두 빼앗기고 난 뒤의 기도처럼 맥이 없는 기도만을 해왔다. 허수아비 같은 나의 기도는 마귀들이 옆에 득실거려도 제대로 보내지 못하는 모습이 아닌가 하는 생각이다. 허수아비 같은 기도인 것이다. 기도도 기도려니와 하느님의 말씀대로 살지도 않고 생각과 행동도 따로 노는 것 같은 자신을 돌아보곤 하지만 그래도 기도는 필수적이라는 느낌이다. 한 가지 확실한 것은 평생 '감사하는 마음' 하나만은 놓치지 말아야지 하는 각오로 임해왔다. 오로지 나의 기도란 바로 감사하는 마음 한 가지가 전부다. 가끔 어린 시절 고향집에서 비 오는 날 낡은 지붕에서 물방울이 떨어져 양동이를 놓고 물을 받아 내면서 예배 드리던 그때야말로 순수하고 진실한 신앙생활이 아니었나 싶기도 하다.

지금 이 순간도 어수룩한 글재주이지만 날마다 감사의 조건을 찾아서 글쓰기를 하며 그림도 그려보고 또 붓글씨도 쓴다. 그럴 때마다 붓대를 잡을 수 있다는 사실에 감사한다. 이러한 시간은 마음이 평화로우며 이 시간이야 말로 내 인생을 돌아보는 시각이기도 하다.

나는 마키키(makiki) 뒷산 아래 조그만 아파트에 보금자리를 마련하여 그 공간을 소중히 여기며 하루하루의 일상을 감사하는 마음으로 보내고 있다. 삶을 돌이켜보면 모두가 감사하지 않을 수 없다. 세상의 모든 것들은 작은 것에서 출발하여 창성해진다고 했다. 그래서 나도 작은 일도 소중히 여기는 습관이 배었다. 날마다 먹고 사는 식탁 앞에서도 일용할 양식을 주셔서 감사하고 날마다 성령 충만한 생활과 육신이 건강하고 믿음이 더욱 자라게 됨을 감사하고 있다. 세상에서 가장 행복한 사람은 감사하며 사는 사람일 것이다. 감사하며 사는 사람은 마음이 건강하다. 어느 날 황 목사님의 설교 가운데 고난 속의 기도는 축복이 내릴 수 있는 기회라는 말씀이 있었는데 그 말이 오래도록 남아 있다. 기쁨 슬픔은 물론이고 실패조차도 감사하는 마음으로 기도 해야 할 것이다. 감사를 알면서도 감사 생활을 못하는 가장 큰 이유는 자신의 큰 욕심 때문일 것이다. 물론 은혜가 불평으로 한 순간에 변하는 건 바로 사탄에게 속해있는 욕심일 것이다. 야고보서 1장 14절에는 "오직 각 사람이 시험을 받는 것은 자기 욕심에 끌려 미혹됨이니 욕심이 잉태한즉 죄를 낳고 죄가 장성한즉 사망을 낳느니라" 라는 말씀이 있다. 욕심이 바로 감사의 길을 방해하고 죄를 낳는다는 것이다.

성공한 사람들을 가만히 살펴보면 그 자신의 일을 소중히 여기고 열정과 도전으로 임하며 어떤 상황에서도 평생 감사하는 마음을 갖고 있다는 점이다. 항상 즐거움과 기쁨으로 하고 싶은 일을 하는 사람은 자신도 모르게 일터로 가는 발걸음이 가볍다. 일에 대한 열정과 감사하는 마음이 있기 때문이다. 아무리 하찮은 허드렛일이라도 자신의 일을 감사히 생각하는 마음이 있다면 결국은 그 일로 성공하지 않을까 한다.

내가 가장 힘 드는 건 감사하는 마음이 생기지 않을 때이다. 시편 100장 4절에 이런 말씀도 생각난다. "감사함으로 그 궁정에 들어가서 그에게 감사하며 그 이름을 송축할 지어라" 하느님으로부터 내 마음을 합한 자라는 칭찬을 들었다던 다윗이 이처럼 이런 상황 속에서도 모든 걸 감사드릴 수 있었던 비결은 그의 낮은 자세에 있었다 해도 무방하다. 나는 지금까지 살아있는 동안 내가 가지고 있는 모든 것은 잠시 빌려 쓰는 것일 뿐이라는 생각을 하고 있다. 그래도 돌아보면 지금까지 나는 감사를 모르고 살아왔다. 이스라엘인과 사마리아인의 다른 점이 있다. 이스라엘의 아홉 사람은 육신의 질병치료는 받았을 뿐 감사의 마음을 내지 않았다. 그러나 예수님께 감사했던 사마리아 사람은 영혼의 구원까지 선물로 받게 되었다는 이야기가 생각난다. 똑 같은 은혜를 입었음에도 감사의 비밀을 간직한 사람이 있는 것이다. 어려운 고난을 통과한 사람만이 가장 깊은 감사의 마음을 낼 수 있을 것이다. 나는 지금에서야 자신을 뒤 돌아 본다. 감사를 모르고 살아 온 지난 시간을 조용히 뒤돌아본다. 나는 감사를 "가슴속에 피어 오르는 봄의 향기 같은 것이다." 라고 표현하고 싶다. 행복해서가 아니고 감사하기에 행복하다고, 감사는 뜨거운 태양빛을 가려주는 시원한 바람 같은 것이라고, 선물을 포장만하고 주지 않는 것은 감사를 알면서도 표현하지 않는 것, 감사는 은빛 나는 가을 곡식이 풍성함 같은 것이라고, 마음이 두 개 있어 하나가 천국이면 다른 하나는 감사하는 마음일 것이다. 감사는 사뿐히 내려 앉는 포근하고, 깨끗한 눈꽃 같은 것이라고, 범사에 감사하는 사람은 행복을 볼 줄 아는 사람 일 것이라는 생각이다.

● 시골 예배당 (Church at the rural area, 그림 이무성 한국화가)

4) 성공하는 이민생활

　사람답게 건강하게 살며 성공하려면 어떤 생각을 가져야 하는가! 그것은 자신만의 고유한 영역이 있어야 할 것이다. 나는 붓글씨 쓰기와 동양화 그림 공부할 때가 생각난다. 모든 건 인내력이 필요하다. 나 역시 몇 번이고 집어 치워 버리고 싶은 생각이 많았다. 그래서 붓글씨로 큼지막하게 "하면 된다" 라고 써서 걸어 두고 보곤 했다. 이게 바로 평생 나의 신조나 다름없는 것이다.

　서울의 한 동양화 작가가 나에게 하던 "요즘은 손으로 그려봐야 시간만 낭비되고 먹고 살기 힘들어 꼭 손으로 그리지 않고도 그린 것처럼 컴퓨터로 많이 그린다." 라고 했다. 물론 지금은 컴퓨터가 있어 편하다. 2000년도부터 내가 컴퓨터를 구입하여 배워 사용해보니 편하기는 편하다. 그러나 자칫 잘못하면 온 힘을 쏟아 붓던 작업이 한 순간에 날아가 버리는 일이 있는 것이 컴퓨터다. 컴퓨터도 사람이 만들었다. 컴퓨터가 사람을 창조한 것이 아니다. 사람이 컴퓨터를 만든 것이다. 지금은 컴퓨터 없으면 할 일을 못하는 세상이다. 그러나 컴퓨터 같은 생활을 하다가 사람의 정을 잊고 삶을 망치면 무슨 소용이 있는가? 특히 내가 억만 불 있으면 무슨 소용이 있겠는가! 가정이 파탄되어 괴로움에 빠지게 된다면 나의 삶은 아무 의미가 없게 될 것이다. 교만하지 않고 비굴하지 말고 무의미한 행동을 조심하며 침묵하고 냉정하고 때로는 자기를 낮추어 보며 재물을 오물처럼 생각할 줄도 알아야 한다고 생각한다. 그리고 어떠한 분노에도 참으며 놀 때는 마음껏 풍류를 즐기는 지혜도 있어야 하지 않을까? 이것이 참다운 삶이 아닌가 생각한다.

우리는 고향을 등지고 떠나와 외적인 환경뿐 아니라 때로는 내부적으로도 어려운 환경에 절망을 느끼며 이민생활하고 있다. 그러나 외부적으로 괴롭히는 어려운 환경은 극복의 대상이다. 외부적인 어려움을 어떻게 해결할 것인가는 나의 선택에 달려있다. 따라서 외부적인 생활환경에 너무 절망하지 말아야 한다. 어려움은 항상 존재하는 것이기에 이를 두려워하지 말고 내 자신을 더 가다듬고 내 자신을 향상 지켜 나가다 보면 그 어떤 어려움도 차츰차츰 극복할 수 있을 것이다. 중요한 것은 내가 할 수 없는 일에 매달리기 보다는 내가 할 수 있는 일을 골라서 내 자신이 몰입하여 자신감을 얻는 것이다.

요즘은 인터넷쇼핑몰이 한참이다. 때로는 성공하는 인터넷쇼핑몰이 있는가 하면 실패하는 경우도 있다. 만일 인터넷쇼핑몰을 한다면 확실하게 사업계획서를 만들어 자신의 특성과 다른 업체들의 좋은 점을 활용하여 모든 사람들의 눈을 사로잡아야 한다. 손님들과 끊임없는 의견을 나누어 제품을 업그레이드 하고 특색 있는 아이템, 나만이 할 수 있는 것으로 키워야 한다. 색을 알려면 색상을 알아야 하는 것처럼 내가 하려고 하는 것에 꿈을 가지고 연구를 거듭해야 할 것이다. 개인 사업이 아니라 직장을 다니는 직업이라면 돈을 생각하지 말고 주어진 분야에서 열심히 최선을 다하라는 조언을 하고 싶다. 그러다 보면 언젠가는 월급도 오르고 승진도 한다. 아주 간단한 일이지만 남보다 일찍 출근하여 항시 웃는 얼굴, 즐거운 모습으로 일을 하게 되면 주인은 고용인을 붙잡게 되어있다.

돈이 없다고 힘 빠진 모습을 보이지 말고 항상 즐거운 마음을 갖는 게 좋다고 생각한다. 나 역시 이민 초기에는 200달러로 이민생활을 시작하여 집도 없이 겨우 남의 집 지하실에서 눈을 붙이고 직장에 다니던 적이 있다. 하나의 목적을 가지고 아무리 궂은일이라도 내가 먼저 하는 습관을 가지며 그 목적에 관련된 것들을 알려고 꾸준히 노력하며 모든 걸 내가 해결해나가야겠다는 결심이 중요하다. 그것이 오늘의 나를 만든 것이다. 예컨대 집을 짓는다면 그에 따르는 모든 일을 기본적으로 이해하고 있어야 한다. 그리고 남의 손을 빌린다는 생각보다는 자신이 해결하려는 생각을 갖고 덤벼야 한다.

지금은 한 가지 기술가지고 하는 사람보다 여러 가지를 직접 하는 사람이 상상외로 수입이 좋다. 물론 이 경우도 인내와 노력이 필요 하겠지만 꿈을 가지고 무언가 실천 방안을 세운다면 꿈은 바로 한발자국 자신의 앞에 다가설 것이다. 내가 하고 싶은 말을 정리해 보면 다음과 같다.

① 이민생활에는 어려움도 많고 또한 하고 싶은 것들도 많다. 그러나 그 모든 것을 다 이룰 수는 없는 것이다. 사람은 누구나 죽는다. 잘난 사람도 못난 사람도 모두 죽는다. 만일 내가 죽음에 이르렀을 때 어떤 모습으로 남을 것인가! 그것도 삶의 과정에서 생각해둔다면 보다 명료한 인생의 목표 설정에 도움이 될 것이다. 따라서 가장 먼저 해둘 것은 인생의 방향과 목표이다. 나의 경우 이민 와서 살다가 결혼해서 아이들이 생기면서부터 목표를 정했다. 옛 말에 꿈을 가져라, 꿈은 이루어진다는 말을 곱씹으며 나는 험난한 시절을 견뎌왔다. 아이들이 생겨나면서도 집 하나 없이 남의 집 지하실이나 전전하며 이사 다니는 현실과 맞닥트리면서 나는 굳은 결심을 했다. 그것은 곧 내 삶의 목표로 발전되었다. 내 자식만큼은 최소한 마음 놓고 살 수 있는 보금자리를 만들어 주어야겠다는 생각이 들자 나는 그 목표를 향해 전심전력으로 뛰게 된 것이다.

② 목표의 설정이 되었다면 이제는 그것을 이루기 위한 단계가 필요하다. 목표만 가지고 무턱대고 우선순위 없이 무작정 일에 덤벼든다면 오히려 더 어려움에 빠지게 될 수도 있다. 그러다 보면 내가 달성하려는 목표는 물 건너가게 될지도 모른다. 흔히 목표를 설정하면 마음이 급하게 되는데 급하다고 중요한 것을 잊어버리면 곤란하다. 자칫하면 중심을 잃게 되고 목표도 꿈도 놓치게 된다. 여기서 중요한 것은 계획이다. 물론 내 경우엔 하와이 도착해서 영어도 못하고 앞으로 무엇을 하면서 먹고 살 것인가 하는 걱정부터 해야 하는 상황에 놓여있었다. 더 잘살아 보려는 마음은 이민자들이 갖고 있는 공통의 마음 일 것이다. 그러나 막상 닥

치면 답이 없다. 그래서 나는 영어를 못하는 핸디캡에 빠지지 말고 내 몸으로 할수 있는 일을 하자는 쪽으로 목표 설정을 바꾸었다. 그리고 하와이는 땅이 좁으니 앞으로 집값은 오를 것이다라는 신념으로 종자돈을 만들어 헌집을 사서 수리하여 팔기 시작했다. 그러면서 빈 땅을 물색하여 사들인 뒤 집을 지어 파는 건축업에 집중하여 왔던 것이다.

③ 이러한 과정에서 중요한 것은 혼자서 이 모든 것을 이루려는 욕심을 줄여야 한다는 것이다. 좋은 목적이 있다 하더라도 혼자서 이를 해결하기는 쉽지 않고 설사 혼자 그 꿈을 이루었다 해도 의미는 반감된다고 본다. 중요한 것은 가까이 있는 사람부터 하고자 하는 일을 이해시키는 게 좋다. 그게 바로 가족이다. 자신에게 아무리 좋은 계획이 있어도 가까운 가족들의 이해가 뒷받침이 되어야 힘이 난다. 곁에서 긍정적으로 이해를 해주어도 힘이 들 때가 있는데 부정적인 말만 하고 이해를 해주지 않으면 힘이 빠지게 된다. 가족뿐만이 아니다. 함께 일을 하게 될 동업자들에게도 목표를 잘 설명하고 그들의 의견을 잘 수렴하여 효과의 극대화를 꾀하는 것이 좋다.

④ 목표가 이루어진다면 가족이나 동업자들도 그 열매를 함께 나눈다는 확신을 주어야 한다. 그래야 비전을 갖고 함께 공동의 목표를 향해 나갈 것이다. 사람들은 누구나 자기의 이익을 생각하게 마련이다. 만약에 자신에게 아무 이익이 없다면 관심에서 멀어지게 되고 오히려 부정적 반응이 생기게 된다. 그런 점을 유의해서 늘 가까이 있는 사람들을 챙겨야 할 것이다.

⑤ 가족이 되었든 동업자가 되었든 간에 상대방을 설득하기 보다는 자기 자신을 한발 더 낮추는 자세가 필요하다. 다시 말해 상대방에게 이해를 구하기보다는 내 쪽에서 이해를 하는 것이 소통의 지름길이다. 요컨대 열린 마음을 가지라는 것이다. 그러나 마음 같이 쉽지는 않을 것이다. 모처럼 그러한 마음을 먹는다 하더라도 막상 현장에서 일을 하다 보면 자기 자신의 주장을 앞세우게 마련인지라 늘 마음속에 자기 자신을 연마하려는 자세를 가져야 할 것이다.

⑥ 확고한 목표를 설정했다 하더라도 그것을 달성하려면 주변의 많은 사람과 호흡을 맞추고 함께해야 하겠다는 생각을 할 때라야만 가능하다. 이때 중요한 것은 서로 간에 헐뜯고 욕을 하거나 제3자에 대한 불평불만을 하지 않아야 한다는 점이다. 발 없는 말이 천리를 가듯, 말이란 좋지 않은 말은 언젠가는 반드시 당사자 귀에 들어가게 마련이다. 좋은 이야기가 들어가면 친구가 되지만 헐뜯은 이야기가 들어가면 하나의 적을 만드는 꼴이니 좋지 않다. 그것은 비단 목표달성을 하는 과정에서도 나쁠뿐더러 인생에서도 결코 좋은 일이 아니니 늘 자심의 입을 단속하는 자세가 필요하다

⑦ 목표를 달성하려면 내가 먼저 솔선하여 남을 도와주기도 하고 조용히 앉아 생각하는 시간도 필요하며 더 나은 지식을 익히기 위해 전문적인 서적도 많이 읽어야 한다. 또한 목표 달성을 위해서는 몸과 마음이 건강해야 하니까 아침밥은 꼭꼭 챙겨 먹어야 한다. 아침을 잘 먹어야 하루 종일 힘을 낼 수 있는 것이다.

⑧ 남보다 다른 무기를 가져야 한다. 무기라고 해서 거창한 것 같지만 사실 일

상에서 할 수 있는 소소한 것들을 소홀히 하지 말아야 한다. 예컨대 출퇴근만 해도 그렇다. 이것이야말로 자기 자신의 성실함을 잘 드러낼 수 있는 일이지만 이 조차 잘 못하는 사람들이 있다. 작은 일을 잘 못하는 사람은 큰일도 이뤄내기가 어렵다. 남보다 한발 앞선 출근을 하려면 남보다 부지런해야 한다. 쉬운 것 같지만 결코 쉽지 않은 일이다.

⑨ 사람들은 일을 하다 한번 실패하면 곧장 절망하게 된다. '나는 역시 안돼' 하고 이내 포기하고 마는 습성이 있다. 그러나 실패는 성공의 어머니라는 말도 있지 않은가! 나는 어린 시절부터 동양화 그림을 배우면서 나의 책상 앞에 '하면 된다' 라는 말을 붓글씨로 크게 써서 걸어두고 마음에 새겨왔다. 하는 일이 고단하고 너무 안 풀리더라도 포기하는 마음만 지니지 않으면 목표한 곳으로 가는 절반은 성공한 것이다.

⑩ 사람들이 일에 대한 열정을 쉽게 포기하는 것은 모든 것을 한꺼번에 해치우려는 조급한 마음 때문이다. 무엇이든지 빨리빨리 하려는 생각을 버리고 차분히 구조적으로 잘못된 부분을 하나씩 고쳐나가는 자세가 필요하다. 그러기 위해서는 매일매일 잘못된 것을 확인하여 고치려는 마음으로 자신을 돌아보는 시간을 꼭 가져야 한다.

⑪ 인생은 다 똑같은 것 같지만 다 다르다. 성공하는 사람, 실패하는 사람도 있고 그도 저도 아닌 사람도 있다. 중요한 것은 남이 아니라 나 자신이다. 성공을 해도 내가 성공하는 것이요, 실패를 해도 내가 하는 것이니만큼 확고한 책임감으

로 남보다 한발 더 뛰려는 자세로 임하는 것이 좋다. 우리의 인생은 짧다면 짧고 길다면 긴 여정이다. 목표를 정해 최선을 다하여 일의 성취감도 이루고 건강하게 하루하루 보내는 것이 행복한 인생이라고 생각한다. 그것은 반드시 이민자에게만 해당 되는 것이 아니라 어디에 살든 모든 이에게 해당하는 것이다.

⑫ 고국에서 모국어를 사용하고 일가친척과 친구들 속에 사는 사람들에 견주어 '이민자' 라는 말은 그 자체가 '고난을 극복하며 사는 사람들' 이라는 사실이 내포되어 있다. 그러나 지금까지 말했던 것과 같은 마음으로 살아간다면 이민의 생활도 그리 불리한 환경은 아니라고 본다. 오히려 고국에서보다 더 자유로운 환경에서 도전정신을 발휘 할 수 있는 여건임을 깨닫고 노력한다면 얼마든지 성공의 길은 보인다. 수많은 사람들이 이민의 길로 들어서고 있으며 그 가운데 성공한 사람들도 상당히 많다.

문제는 탄탄한 성공가도를 달리지 않으면서 자신이 성공한 것으로 착각하여 해이해지게 되면 곧바로 어려움에 처해질 수 있다는 것이다. 한국 사람들 가운데는 더러 돈 좀 손에 쥐었다고 사업을 종업원에게 맡기고 골프나 치러 다니는 사람들이 종종 있는데 이러한 사람치고 사업이 잘되는 사람 못 보았다. 그렇다고 일만 하라는 것은 아니다. 적당한 휴식은 사장에게도 필요하지만 그것도 어느 선까지가 중요한 것이며 만일 부부가 사업을 한다면 교대로라도 현장을 지켜야 할 것이다.

예컨대 중국사람들의 경우를 살펴보면 그들은 가게에 종업원만 놔두고 자리를 떠나는 일이 거의 없다. 그러나 한국 사람들은 다르다. 조금만 궤도에 오르는 듯

하면 곧바로 성공한 것으로 착각하여 종업원에게 현장을 맡겨버리기 일쑤다. 사업을 일구는 데는 수많은 시간이 걸려도 무너지는 것은 순간임을 명심하고 수많은 고생과 고통을 견디며 이룩한 사업임을 되새기며 적절한 자기 관리를 하는 것이 좋다.

⑬ 예전에 아버지는 손수 내 머리를 빡빡 깎아 주면서 공부를 하지 않으면 흰머리가 난다고 하셨다. 어린 마음에 흰머리가 날까 봐 열심히 공부했던 기억이 난다. 나는 형제 중에 아버지를 빼닮아서 몇 십 년 만에 만난 고향사람들은 아버지를 본 듯 반가워한다. 아버지는 시, 서화 그리고 한학에 밝으셨는데 그런 아버지의 다채로운 재능은 여러 형제 중 나만 물려받았는지 나 외에 예술 분야의 길을 걷는 형제는 없다. 천부적 재질을 지닌 아버지의 피를 이어 받은 나는 서예, 그림, 시, 조각 부분에 남다른 재능을 발휘하고 있다. 이러한 예술 분야 말고도 나는 미국에 건너와서 전기공사, 전기기계, 에어컨, 세탁기 등 고장 나는 가전제품마다 직접 내가 고쳐 썼다. 뿐만 아니라 컴퓨터 시대에 들어서고부터는 독학으로 컴퓨터도 익혔다.

또한 그림을 그리면서 가장 큰 애로 사항은 표구문제인데 미국 땅에서 표구를 해주는 사람이 없어 독학으로 표구 작업까지 하기에 이르렀다. 현재 하와이에서 표구를 할 수 있는 사람은 나 밖에 없는 실정이다. 돌이켜 놓고 보면 이러한 손재주는 모두 아버지로부터 물려받은 것이라는 생각이 든다. 아버지는 틈날 때마다 호랑이는 죽어서 가죽을 남기고 사람은 죽어 이름을 남기는 것이니 꼭 세상에서 빛과 소금 같은 사람이 되라는 말씀을 귀에 못이 박히도록 하셨다.

27살! 청춘의 나이에 나는 하와이 이민 길에 올라 이곳에서 결혼하고 아이 셋을 낳아 길렀다. 여러 어려운 난관이 고비고비 마다 있었지만 오로지 어린 자식들과 보란 듯이 살아야겠다는 굳은 목표를 세우고 지금껏 한눈 팔지 않고 외길을 걸어왔다. 그 밑바탕에는 아버지로부터 이어받은 "보이지는 않는 에너지가 있어 가능했으며 그것은 곧 확고한 꿈"으로 자리 잡았다. 그 꿈은 내가 걸어 나가는 이정표였으며 목표이기도 했다. 꿈이 없다면 그것은 향기 없는 꽃과 같은 것이다. 굶주림 속에서도 오늘의 나를 있게 한 것은 한 떨기 장미 같은 향기를 머금은 "잘 살아 보려는 꿈"이었음을 고백한다.

 **제3장** 하와이에서 꽃핀 예술

1 사군자 그리기

Sagunja/oriental painting of the Four gracious plant

1) 매화 (Apricot flowers)

(1) 매화의 뜻과 설명

매화가지 끝에 밝은 달 (梅梢明月)

율곡 이이

매화는 본디 환히 밝은 것인데	梅花本瑩然 (매화본영연)
달빛이 비치니 물결을 이루는 듯	映月疑成水 (영월의성수)
서리 눈에 흰 살결 더욱 어여뻐	霜雪助素艶 (상설조소염)
맑고 찬 기운에 뼈 속이 시리다	淸寒徹人髓 (청한철인체)
매화 마주 보며 내 마음 씻으니	對比洗靈臺 (대비세영대)
오늘 밤엔 한 점의 찌꺼끼도 없네	今宵無點滓 (금소무점재)

*(瑩=옥 영. 艶=고울염. 徹=뚫을철. 髓=몸체. 宵=밤소. 滓=찌꺼기재. 梢=나무끝초.)

예부터 매화를 사랑한 시인묵객은 많다. 율곡 역시 매화를 통해 마음을 씻는다고 했다. 이른 봄 추위 속에 맑고 깨끗한 향기를 그윽이 풍기며 피어난 매화의 아름다움은 흔히 빙기옥골(氷肌玉骨) 곧 살결이 맑고 깨끗한 미인을 일컬었으며 예부터 많은 사람들로부터 사랑을 받아왔다.

당송시대의 석중인(釋仲仁)은 몰골법으로 매화를 그렸는데 곧 빛깔이 짙고 엷은 입체감으로 그렸다. 매화나무가 맑고 깨끗한 것은 꽃이 야위게 마련이며 나무 끝이 연한 것에서는 살찐 꽃이 핀다. 가지가 겹진 곳에는 꽃이 많고, 홀로 쭉 뻗은 가지 끝에서는 고고한 모습의 꽃이 핀다. 나무 끝이 긴 것은 화살처럼 그리고, 짧은 것은 창처럼 그려야 한다. 꽃은 난초 열매만한 것도 있고 눈 만한 것도 있는데 꽃에는 반드시 꽃받침을 붙이고 꽃받침은 가지에 달려 있어야 한다. 가지는 반드시 마른 줄기에서 나오고 마른 줄기에는 이끼 낀 나무껍질을 그린다. 이끼 낀 나무껍질은 반드시 낡은 마디가 있는 곳에 그리도록 한다. 꼭지는 길게, 꽃술은 짧게, 높은 가지에는 작은 꽃을 그리되 꽃받침은 굳세게, 뾰족이 나온 끝 부분이 군더더기가 되지 않도록 해야 한다.

(2) 그리는 방법 (How to draw apricot apricot flowers)

큰 줄기는 먼저 큰 붓을 써서 자연스럽고 호방한 기분과 단단하고 늙고 군세면서도 파리하고 용처럼 무겁고 대범하게 그리며 늙은 가지에는 가시가 없이 그린다. 꽃 부분과 줄기의 겹치는 부분을 남기면서 그리되 큰 가지는 색깔이 짙은 것이 좋은 표현이며 어린 가지는 엷은 색깔로 그리는 게 실감 있게 보인다. 늙은 가지에 이끼가 있으며 마른 가지에는 이끼가 없이 그리며 잔가지는 탄력 있는 붓으로 하는 것이 좋다.

꽃을 그릴 때 꽃잎은 주로 5장을 그리지만 간혹 3~4장의 꽃잎을 그려서 꽃잎이 떨어진 것처럼 묘사하기도 하며 가는 줄기에 왼쪽 하나 오른쪽 하나 나란히 그리는 게 보통이다. 꽃을 그릴 때 앞을 향한 것, 아래 또는 위, 옆으로 보이는 것처럼 뒤섞어서 정취가 있도록 한다.

● 매화 그리기 1

143

● 매화 그리기 2

● 매화 그리기 3

2) 난 (Orchids)

(1) 난초의 뜻과 설명

난 (蘭)

신석정

바람에
사운대는 저 잎샐 보게
잎새에
실려오는 저 햇빛을 보게
햇빛에
묻어오는 저 향낼 맡게나
이승의
일이사 까마득 잊을 순 없지만
난(蘭)이랑
살다 보면 잊힐 날도 있겠지

난(蘭)에 대한 시를 많이 남긴 신석정(1907~1974) 시인은 난을 사랑하는 마음을 이처럼 표현하고 있다. 동양화는 본래 직업적인 이들이 그리는 전문적인 그림과 사대부들이 그리는 문인화로 구분되어있다. 직업화가를 화사화원 곧 화공이

라고 하는데 장식적인 그림만을 그리므로 객관적인 외형을 중요시하였다.

한편 사대부들의 문인화는 주관적인 기운과 골법을 중요시하였고 사대부들 간의 문인화를 형성하면서 그들의 높은 인격과 정신수양을 난초 속에 숨겨 나타 내려고 했다. 난초는 아름답고 수려하고 청절(깨끗하고 절개가 절로)한 정신적 미 와 공통점이 많기 때문에 옛 선비들은 난을 즐겨 그리곤 하였다.

난 그림은 붓놀림과 붓질의 기초이행 과정으로 해석하기도하나 난초를 그림 으로서 난초 속에 배어있는 선비들의 고매한 인품과 깨끗한 마음을 이해하는 것이 중요하다. 난 그림은 조선 초기 세종대왕의 현손인 탄은(灘隱) 이정(李霆, 1541~1622)을 먼저 친다. 이후 조선중기의 추사 김정희도 난 그림으로 유명하 다. 추사 김정희는 난을 그릴 때 외형을 그리는 게 아니라 내면의 정신형태를 그 려야 한다고 강조했다. 그런데 난 그림을 얘기할 때 흥선대원군 이하응을 빠뜨 릴 수 없다. 황현의《매천야록(梅泉野錄》에 보면 "운현(흥선대원군)은 스스로 호 (號)를 석파(石坡)라고 했다. 어려서부터 완당(阮堂) 김정희(金正喜)를 좇아 서화 를 배웠다. 특히 난초를 잘 그려서 한때 석파란(石坡蘭)이 세상에서 크게 이름 을 떨쳤다." 라는 기록이 나올 정도로 흥선대원군 이하응의 묵란화는 우리나라 뿐만 아니라 중국에서도 큰 명성을 얻었다. 심지어 스승인 김정희가 "석파는 난 에 조예가 깊으니 그 천기(天機)가 청묘(淸妙)하여 이에 이른 것이다." 라 극찬을 할 정도였다고 한다.

난을 그리는 묘미는 잎을 어떻게 그리느냐에 따라 성패가 결정된다. 난의 기운 은 잎에 있고 잎은 나는 듯한 자세를 취해야 하며 꽃은 꽃술을 토하는 기세로서 신기를 얻어야 하는데 이것은 붓을 어떻게 써야 하는가 곧 붓놀림과 붓질에 달려 있다고 하겠다.

난의 잎을 먼저 그릴 때는 긴 잎과 짧은 잎을 정확히 그리며 한 잎과 다른 잎을 교차하되 교차한 잎 옆에 하나 더 그려 넣는 게 좋다. 난 그림을 그리는 붓법은 들어 세운 붓 곧 팔을 들고 붓을 곧게 세워 그리며 짙은 먹으로 잎을 그리고 꽃은 엷은 먹으로 그리며 꽃술은 다시 짙은 먹으로 그린다.

잎을 그릴 때는 중붓의 붓놀림으로 그리고 붓질은 신속하게 하여야 한다. 꽃은 다섯 잎인데 꽃 방울은 두 잎에서 세 잎으로 옮겨가며 한 작품에 같은 모양이 병행하는 것은 피하고 잎은 춤추듯 해야 한다. 꽃은 나비가 날아가듯 산뜻하게 그리고 난은 4-5장의 잎이 붙은 한 포기에 꽃 한 송이를 꽃봉오리 모양으로 그리는 것이 보통이다.

잎을 너무 많이 그리면 청초한 감이 없어지므로 적은 잎으로 아름답게 구성하며 두 잎을 교차하여 그리면 반원형이 되어 봉황새의 눈처럼 되기 때문에 봉안 또는 상안이라고 한다. 곡선을 그릴 때는 숨을 죽이고 기필에서부터 점점 붓을 높이면 선이 점차 굵어지고 도중에 방향을 바꾸어 붓끝을 회전시키면 잎이 뒤집어진 듯한 느낌을 주며 잎의 맨 마지막 마무리는 쥐꼬리처럼 붓을 모으면서 베는 것처럼 그린다. 바로 이것을 서미법(鼠尾法)이라고 한다.

(2) 그리는 방법 (How to draw Orchids)

난초 잎은 4-5장의 잎이 한 포기에 꽃 한 송이 또는 꽃봉오리를 그리는 것이 보통이다. 잎은 제일 큰 것부터 그리며 잎과 잎을 같은 모양으로 그리는 것은 안 좋다. 잎은 그리다가 끊어지기도 하고 이어지기도 하며 마음대로 움직여야 한다.

난초꽃을 그릴 때 왼쪽부터 그리며 숙여지고 위로 쳐다보는 것과 같이 자유롭게 하며 꽃은 잎 밖으로 나와 겉과 속 낮음과 높음이 있어야 하며 겹치거나 병행하면 보기 흉하고 꽃잎은 주로 다섯으로 하는 게 좋다. 꽃의 폭이 넓으면 정면으로 하고 좁으면 옆에서 벌어져 나가는 것처럼 그린다. 꽃술은 주로 3점으로 "山" 초서처럼 짙은 색으로 하되 꽃잎이 향하는 모양에 따라 적당하게 찍는다.

● 난 그리기 1

● 난 그리기 2

● 난 그리기 3

3) 국화 (Chrysanthemum flower)

(1) 국화의 뜻과 설명

비온뒤 보랏빛 국화꽃을 보며

장 유

비 개자 담장 아래 활짝 핀 국화	墻根紫菊雨初開
고향집 울 밑에 심은 국화도 피었겠지	忽憶故園籬下栽
그리고 참 이웃집 옛날 시 친구	更有東隣舊詩伴
막걸리 잔 혼자서 마음대로 못 들렷다	還應不放濁료盃

이는 계곡 장유(張維, 1587~1638) 선생의 '비 온 뒤에 핀 보랏빛 국화꽃을 보며 고향집 뜰을 생각하다 (雨後紫菊花開 有懷故園)' 라는 시로 고향집을 떠오르게 하는 시다. 국화는 찬 서리가 내린 가을에 추위를 무릅쓰고 태연한 자세로 맑은 향기와 함께 아름답게 핀다고 해서 오상지라 했다. 곧 서리 밭 속에서도 굽히지 않는다고 해서 상하걸이라고 했으며 국화를 그리려면 국화의 전체모습을 가슴에 안고 그려야 비로소 그윽한 운치를 그릴 수 있게 된다. 전체모습의 운치는 꽃이 높은 것도 있고 낮은 것도 있으므로 이를 잘 살리되 번창하지 말며 잎은 상하좌우 전후의 것이 서로 덮고 가리면서 납작하지 말아야 하며 가지는 서로 뒤얽혀

153

있으면서도 무잡하지 말아야 한다. 꽃을 그릴 때 꽃잎 그리기가 끝나면 꽃의 중심부에 화심을 그리고 이것이 언뜻 보아 꽃술처럼 보이지만 실은 변형된 꽃의 집합체이다.

(2) 그리는 방법 (How to draw Chrysanthemum flower)

꽃을 그리는 방법은 여러 가지가 있으나 꽃을 그릴 때 원형인지 타원형인지 그 모양을 생각하며 화심을 중심으로 일필로 좌우의 꽃잎을 한 장씩 그리며 꽃의 중심적 위치에 따라 꽃의 방향으로 그리되 될 수 있으면 같은 것을 그리지 않도록 주의한다. 국화는 키가 작아서 비스듬히 위에서 내려 보는 것이 대부분인데 국화는 꽃이 아름다워야 전체적으로 그림이 산다.

잎을 그릴 때는 먼저 윤곽을 그리고 다음 색을 칠하며 반드시 가지에서 나오도록 하며 꽃의 바로 밑에 달린 잎은 색깔이 진하고 살찌고 윤기가 있어야 하며 꽃 있는 부분에 모이게 하는 게 보통이다.

가지는 먼저 가는 붓으로 윤곽을 그리고 꽃대 전반에 즙록을 칠하며 꽃대에 다시 석록을 칠하되 약간 담자색으로 가지와 잔가지의 그늘진 부분을 처리한다.

● 국화 그리기 1

● 국화 그리기 2

● 국화 그리기 3

4) 대나무 (Bamboo)

(1) 대나무의 뜻과 설명

대나무

윤선도

나무도 아닌 것이 풀도 아닌 것이
곧기는 뉘 시키며 속은 어찌 비었는가
저렇게 사시에 푸르니 그를 좋아 하노라

이는 고산 윤선도(尹善道, 1587~1671)가 지은 수(水)·석(石)·송(松)·죽(竹)·월(月)을 읊은 오우가(五友歌) 가운데 대나무를 읊은 시이다. 흔히 절개를 뜻하는 대나무 그림은 특히 〈삼국사기〉를 지은 김부식이 즐겨 그린 것으로 전해지고 있다. 옛 선비들이 묵죽(墨竹)을 그리는 이유는 그 화법이 글씨를 쓰는 것과 같아 전서처럼 쓰되 마디는 예서처럼, 가지는 초서처럼 그리며 잎은 날카로운 해서처럼 그려야 한다는 법식이 있기 때문이다. 대나무를 그리는 데는 먼저 구도를 잡는 일이 가장 중요하다. 줄기와 마디 가지 잎의 네 가지를 그림에 있어서 법식을 무시하고 그릴 경우에는 공연히 힘만 들 뿐이다. 가지는 마디로부터 나와야 하고 잎은 흔들리고 혹은 바람에 나부끼며 혹은 빗물에 젖어 늘어지되 한 붓 한 획이 생생한 기운이 있어 상하좌우 사면이 정취를 얻을 때 비로소 훌륭한 대나무가 된다. 대나무의 줄기를 그릴 때에는 뿌리에서부터 한마디씩 위로 올라가면서 그리는 역 필법 또는 위에서 아래로 그리는 순 필법이 있으며 사람에 따라 다르다. 줄기를 그릴 때에는 팔꿈치를 충분히 올린 다음 팔 전체로 붓을 움직이는 듯한 기분으로 그리는 것이 중요하다 할 수 있다.

(2) 그리는 방법 (How to draw Bamboo)

대나무를 그리는 것은 비교적 쉽다. 그렇다고 잘 그릴 수 있다는 뜻은 아니다. 특히 굵은 대를 그릴 때는 붓을 옆으로 하여 그리며 줄기를 그린다음 마디와 가지를 그린다. 한번 찍은 먹물로 한줄기 전부를 그려야 하며 약간 빠른 속도로 멈추지 말고 한 번에 그리되 몇 그루의 대나무를 그릴 때는 맨 앞에 있는 대나무는 짙은 색을 하며 뒤에 그리는 나무는 약간 엷은 색으로 한다. 또한 여러 개의 줄기가 한곳에 교차하는 건 좋지 못하며 똑 같은 간격으로 그리는 것 또한 좋지 못하다. 마디는 줄기가 끝나면 짙은 먹으로 뚜렷이 그리며 올려보는 대나무는 마디 점의 끝을 내리듯이 찍는다. 잔가지는 마디가 작고 살찌고 미끈하게 신속하게 그리며 잎이 많은 가지는 굽어지게 그리되 사슴뿔처럼 그린다.

댓잎은 짙은 먹으로 가까운 잎을 먼저 그리고 멀리 있는 잎은 엷은 먹으로 그려 원근감을 나타내며 굳세고 날카롭게 그린다. 잎은 반드시 가지를 뒤덮도록 하는 게 좋다. 봄철 잎은 주로 위로 향하고 여름철에는 무성하게 아래로 향하는 게 좋다.

● 대나무 그리기 1

● 대나무 그리기 2

● 대나무 그리기 3

2 서예
Calligraphy

1) 붓글씨를 쓰게 된 동기

원래 그림을 좋아하였지만 서예에도 관심을 갖게 된 것은 아버지의 영향이 크다. 아버지는 평생을 한문과 붓글씨 쓰기를 멈추지 않고 사랑해 왔으며 고향 진도에서 폭 넓은 작품 활동으로 명성을 얻고 있었다. 그러한 아버지를 곁에서 지켜보면서 나 역시 붓글씨에 관심을 자연스럽게 갖게 되었다.

나는 20대부터 붓글씨를 쓰게 되었는데 쓸 때마다 아버지의 날카로운 지적을 많이 받았다. 아버지는 내 글씨의 강약을 주로 지적해주시곤 했는데 그때부터 동양화와 붓글씨를 병행하게 되었다. 말하자면 나의 아버지는 나의 훌륭한 붓글씨 스승인 셈이었고 나는 그 밑에서 붓글씨를 생활화 할 수 있었다.

● 하와이 한인 이민 110주년 기념으로 세계인들 앞에서 이민 휘호를 쓰는 모습 (2013년 1월)

2) 서예에 대한 나의 생각

　일제강점기에 일본인들은 서예를 서도(書道,조형예술의 관점이란 말)라고 하였는데 대한민국정부수립 후에 정부에서 실시하는 미술전람회가 열리면서 붓글씨 부문을 서예(書藝)라고 불렀다. 서예는 한자를 대상으로 하여 시작되었다. 서예는 점과 선, 획의 태세, 장단, 피랍의 강약, 경중운필의 지속과 먹의 짙고 옅음(농담), 글자 서로간의 비례, 균형이 혼연일체가 되어 미묘한 조형미가 이루어진다. 그 특징을 보면 먼저 글자를 쓰는 것으로써 예술이 이루어지고 점과 선의 구성과 비례 구형에 따라 공간미가 이루어진다. 시간의 흐름에 따른 운필의 강약 등으로 율동미가 펼쳐되며 자연의 구체적인 사물을 그리는 것이 아니라 글자라는 추상적인 것을 소재로 한다.

　고조선시대에 한자가 우리나라에 전하여 서예는 2,000년 이상의 역사를 지녔다고 하겠다. 그러나 그 유물로 남아있는 것은 삼국시대 이후로 서예작품은 같은 작가의 글씨라도 초기 중기 말기에 따라 글씨의 형태가 우열이 다르고 작품 크기에 따라 평가 감상을 달리 하여야 할 경우가 있다.

3) 서예 작품 감상

마음의 지혜

지혜는 고요히 생각하는
데에서 생기며
복은 검소함에서 생기고
덕은 겸양에서 생기고
근심은 애욕에서 생기고
재앙은 물욕에서 생기고
허물은 경망에서 생기고
죄는 참지 못하는 데서
생기나니라
눈을 조심하여 남의 그릇
됨을 보지 말고
맘과 아름다움을 볼 것이며
입을 조심하여 실없는
말을 하지 말고 착한 말
바른말 부드럽고 고운 말을
천째나 할 것이며
어른을 공경하고
지혜로운 이를 따르고
모르는 이를 너그럽게
용서 하라
오는 것을 거절 말고
가는 것을 잡지 말라
내 몸 대우 없음에 바라지
말며 일 지나갔음에
원망화자 말라
남을 해하면 마침내 그것이
자기에게 돌아오고
세력을 의지하면 도리어
재화가 따르느니라

● 마음의 지혜 (Wisdom of controlling the mind 27″ × 13″)

말

한마디

부드러운 말 한마디가 싸우던 마음이 되돌리고

자상한 말 한마디가 삶으의 과협고

싸리쓴 말 한마디가 증오의 씨를 뿌리고

무뚝한 말 하마디가 사람과 배을 끊으다

은혜스런 말 한마디가 기쁨이 되고

즐거운 말 한마디가 하루를 가볍게 한다

새의 맑은 노래 한마디가 가장을 들어주고

사랑의 말 한마디가 복을 주며

● 말 한마디 (A short answer of love brings blessing 27″ × 13″)

167

● 사랑 (As I love you, love one another 10″ × 24″)

● "공생발전" 이 사진은 2011년 1월 19차 APEC정상회담이 하와이에서 열렸는데
　정상회담 뒤 하와이 교민 간담회 때 교민 대표로 이명박 대통령에게
　족자 선물한 글씨임
　(On 2011-APEC, a letter sent to President of Korea 21″ × 48″)

● 진광불휘
(The light of truth does not shine, excellent personality cannot be realized, 12″×27″)

● 이순신의 한산도 시 가운데서 (Hansando-poem of Sun-shin Lee, 13″×27″)

● 화향천리향, 인덕만년훈
(Scent of flower can spread to the world,
virtue of people can stay warm eternally, 12″ ×54″)

● 한석봉 천자문
(The thousand-character classic of Seok-bong Han , 12″ ×57″)

● 천상운집 : 복스러운 좋은 일들이 구름떼처럼 모인다. (Good news gather together as clouds, 27″ ×13″)

3 동양화
Oriental painting

● 작품에 몰두하고 있는 필자

1) 그림을 그리게 된 동기

어려서부터 그림을 좋아하였으며 학창시절 또한 그림에 관심이 많았다. 그래서 학교 미술부에 들어가 그림을 그렸다. 특히 대학입시 무렵 재수생활 시절에 하라는 공부는 안하고 그림을 그리던 생각이 난다. 서울에서 공부하던 때의 일이다. 어느 날이었다. 우연히 어느 화가의 그림 전시장을 가게 되어 관심 있게 보면서 나도 이렇게 그릴 수 있을까 하고 고민하기 시작했다. 그 뒤 명동의 종로학원에 다니면서 시간 있을 때 마다 그림을 그리게 되었다. 마침 내가 그림 그리는 걸 알고 지인에게 어느 유명한 화가를 소개를 받아 본격적인 그림 공부를 하게 되었다. 그때 스승에게 받은 호가 송전(松田)이다. 그러나 미국에 오게 되어 잠시 중단 되었으나 직장을 잡으면서 토요일과 일요일에는 그림에 몰두 하였다. 물론 그림 판매는 못하고 닷새 동안 일하여 번 돈으로 한 점 두 점 표구를 하느라 돈을 모두 쓰고부터는 "이건 아니다" 라는 생각에 그림을 중단하고 생업에 뛰어 들게 되었다. 이후 늘 마음속에 두고 지내다가 2010년부터 본격적인 작품 활동을 하고 있다.

2) 동양화란?

동양화는 중국에서 비롯하여 한국 일본 등 동양 여러 나라에서 발달해온 것으로 우리나라도 동양화라는 명칭을 써 왔으나 1970년대에 우리 그림에 대한 자주적인 의미로 한국화라는 이름으로 쓰고 있다. 기법도 한국적인 기법과 양식으로 발전하고 있다. 한국화와 서양화는 우선 자연을 보는 관점이 다르다. 한국은 자연을 그 속에 동화되어야 할 대상으로 보았다면 서양인은 자연을 정복해야 할 대상으로 보았다. 조선시대 문인들의 서예에서 볼 수 있는 것처럼 붓과 먹을 이용하여 화선지에 그림을 그렸던 이유는 그 속에 자연스럽게 배어듦을 지향했던 것이다.

서양에서는 붓과 유화를 이용하여 그림을 그렸는데 딱 보아도 이건 캔버스, 이건 유화 단번에 분별할 수 있게끔 되어 있다. 동양화를 두 가지로 나눠 본다면 채색화와 수묵화로 구별하며 수묵화는 색이 없이 먹물로만 그려진 그림이라 할 수 있고 채색화는 다채로운 색상을 사용하여 그린 그림을 말한다. 수묵화와 채색화는 종이도 서로 다른 종이를 쓴다. 그 이유는 수묵화는 단지 먹을 써서 그린 그림이라기보다는 물이 잘 스며들도록 화선지를 사용하여 먹의 농담을 자유롭게 표현하는 그림 양식이라고 한다면, 채색화는 물이 잘 스며들지 않도록 처리한 종이에 색감의 특성을 살리는 그림 양식이라 할 수 있다. 다시 말하면 수묵화는 현실이 아닌 꿈과 같은 현실을 좇는 것 같은 느낌을 준다.

3) 그리는 방법 (How to draw Shrimps)

인물을 그릴 때는 오관 곧 얼굴형상의 기본 특징을 잡되 오관의 음정을 파악하고 형상을 나타내는 일이 중요하다. 담묵 곧 엷은 색으로 밑그림을 그리고 정식으로 테두리를 정하여 인체와 의복들을 표현하며 밑그림을 사용하여 서묘붓으로 그려 작품을 완성시키는데 밑그림이 얼마나 충실하냐에 따라서 성패가 결정된다. 밑그림이 스케치 되면 처음 약간의 짙은 먹과 연한 먹을 사용하여 삭삭 긁어내는 식으로 그리며 다음 연한 먹과 맑은 먹으로 스쳐가는 것처럼 털을 그리고 칠한 다음 연한 색과 적당한 색을 섞어 칠한 다음 그 위에 짙은 부분에 색으로 줄무늬 등을 그리며 눈동자 또는 수염 등을 그린다.

어류인 물고기는 맑은 물에서 마음대로 노니는 정경을 표현해야 하는데 생기가 있고 활발하게 그리는 게 좋다. 새우 같은 그림은 중간크기의 붓과 가는 붓을 쓰며 옆으로 스치듯이 그리고 색을 붓끝에 적신 다음 짙은 색을 살짝 적시어 먼저 머리부터 그리기 시작한다. 이어서 두 획으로 끝을 뾰족하게 하여 순서에 따라 배의 마디를 그리며 짙은 먹으로 다리를 그리고 붓대의 끝부분을 잡고 부드러운 가운데 강함이 있도록 연하고 힘차게 그리며 적당한 색을 배합하여 몸 형태의 색을 마무리 짓는다.

● 새우 그리기 1

● 새우 그리기 2

● 새우 그리기 3

4) 그림 감상

● 고향마을 (Wives chatting by the well, 27″ × 18″)

● 고향마을 (A scene of hometown, 18″ × 14″)

● 말처럼 힘찬 한해를 기원하며 (갑오년) (Praying for a happy new year, 18″ × 13″)

● 청계천의 변모한 모습 (Image of peaceful Cheong Gye Cheon, 18″ × 27″)

● 명동에서 남산가는길 (A way to Namsan Mountain at Myung Dong, 18″ × 27″)

● 잉어 (Wish for the best of luck, 12˝ × 27˝)

● 한국의 우주 시대 I (Cosmic period of Korea, 14″ × 27″)

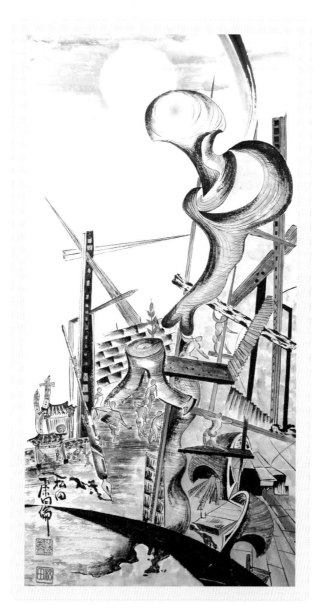

● 한국의 우주 시대 II (Cosmic period of Korea, 14″ × 27″)

● 세세천년 부부의 백년해로 쌍소나무 (Pair of pine trees for couple of 100th anniviersary, 18˝ × 27˝)

● 등나무 (Flower of vine tree, 13″ × 27″)

● 사군자 (Image of the Four gracious plants, 13″ × 27″)

● 호랑이 (King among in the mountain, 18″ × 27″)

● 국화 (In spite of cold frost, Chrysanthemum exude a scent, 13″ × 27″)

4 시
Poetry

1) 내가 시를 쓰게 된 동기와 요령

나의 취미는 그림과 붓글씨 쓰기다. 그리고 시를 짓는 것이다. 그러나 솔직히 나는 시가 무엇인지 잘 모른다. 그래도 난 내 나름대로 그동안 시를 써왔다. 나는 고등학교 시절 국어시간 시에 대하여 배웠는데 김소월의 진달래꽃부터 배운 것으로 생각난다.

나보기가 역겨워 가실 때에는
말없이 고이 보내 드리우리다
영변에 약산 진달래꽃
아름 따라 가실 길에 뿌리우리다
가시는 걸음걸음 놓인 그 꽃을
사뿐히 즈려 밟고 가시옵소서

나보기가 역겨워 가실 때에는
죽어도 아니 눈물 흘리오리다

님을 보내기는 하되 보내기가 어려워 내 마음의 꽃을 밟고서 떠날 수 있느냐는 시를 배운 뒤 선생님은 그날 이와 같은 시를 한 편 지어 제출하라는 숙제를 내주셨다. 그러나 시가 무언지도 모르는 상태에서 숙제는 해야 했기에 어느 시집에 있는 것을 그대로 베껴가지고 낸 적이 있다. 그러자 숙제를 안 한 애들로부터 그거 네가 진짜 써왔느냐며 놀림을 당한 적이 있었다.

지금도 누군가로부터 당신이 무슨 시를 쓰냐며 묻는다면 할 말은 없다. 그러나 시란 어떤 구속이나 징형을 나르는 것보다는 자신의 내면의 소리 곧 마음이 가는 대로 쓰는 것이 중요하다는 생각이다. 스스로 생각할 때 나의 시는 탑을 올려 쌓을 적에 맨 아래쪽 돌은 크고 반듯한 것을 놓았고 그 다음은 모형과 크기에 맞추어 차근차근 싸올라 가는 심정으로 맨 위엔 그에 맞추어 오래된 돌을 놓아 버리곤 한다. 밤하늘의 별을 바라다보는 심정으로 나의 시상은 때와 장소를 가리지 않는다. TV를 보던가 사람들과의 모임 같은 곳에서도 스쳐 지나가는 모든 것이 시가 된다. 시를 쓰는 요령이나 기법에 구애 받지 않고 나만의 시 세계를 구축하며 써오고 있다. 몇 가지 나만의 시 쓰기 방법을 소개하고자 한다.

① 시는 꿈의 날개 곧 상상의 날개를 마음껏 펴야 한다고 본다. 상상의 날개를 펼 때는 리듬을 실어야 하고 늘 새로운 호기심과 정다움의 눈길 그리고 뜨거운 사랑의 입김을 불어넣는 것이 시의 바탕을 이뤄야 한다.

② 행은 호흡과 눈에 맞추고 생각을 다질 대로 다지되 단락에 따라 부드럽고 자연스럽게 분위기가 눈에 선히 잡히도록 한다. 또한 시의 초점이 한군데 또렷하게 잡히고 시작과 마지막의 진행이 이끼 낀 돌을 쌓아 가듯 한다.

③ 표현은 생생한 느낌을 들게 하며 될 수 있으면 문장은 간단하고 깔끔한 느낌을 갖게 한다. 그리고 어둡고 칙칙한 것보다는 밝고 즐거운 느낌으로 쓰도록 한다.

④ 독창성과 문장이 살아있는 것처럼 솔직하고 때론 파격적인 것도 좋다. 가능하면 대화체처럼 하며 반복을 무시하면 안 되고 어떻게 해야 행복할지, 재미있는지도 생각하며 대중이 쉽게 읽되 전진하는 힘이 느껴지게 하는 것이 좋은 시라는 생각이다.

2) 내 마음의 시 몇 편

가라오케 (Karaoke)

돌아라 낮도 밤도 없이 돌아라 돌아
미칠 듯이 돌아 돌 때 오시구려
우리마누라 몰래 한바탕 춤추는 볏가리
낫가리 풍랑 속에 한바탕 벌려놓고
쿵짝 쿵짝 쿵짜짜 지루박 장단 좋아
헛맹세상 우라질 것 지루박 춤이나 춥시다
시름지친 햇살 환희 펴고요
쿵짝 쿵짝짝 우라질 것 놀아 봅시다
있는 놈만 논답디까?

불효자 (Undutiful)

우리형제 예전엔 외로움도 모르고
그저 그냥 얄팍한 나날을 보냈습니다
지난날의 이야기도 그저 그냥
아무것도 모르고 외웠습니다

그런 지금 부모가 떠나버린 뒤에
아주 멀리 가신 뒤에는
그 옛날의 우리들에게 있던 모든 것들이
하나 둘씩 없어지고 말았습니다

그러나 그땐 우리는 다정했던
그때 화목했던 것만은 남아
가면 갈수록 그 모든 것들이
불효자의 마음을 울려줍니다

나의 기도 (My prayer)

나의 인생은 인신을 신고 그 길을 타박타박 걸어갑니다

나의 인생은 인덕에 묻어 번번스럽게 묻어 다닙니다

나는 조그만 시험이 닥칠 때나 어려울 때마다

오른편의 십자가를 살펴봅니다

기도와 사랑의 등불을 환희 밝히기 위한

마음에 믿음의 기름이 없을 때 번번스럽게

오른편을 바라다봅니다

주께서 일러주신 믿음의 방향을 잃은 채

무관심과 이기심 속에 교만과 허영심에

무성한 잡초처럼 나의 마음이 흔들릴 때

나의 오른편 팔이 되어 오른편을 살펴보게 하옵소서

베드로처럼 믿음의 방향에 신앙의 그물을 던져

펄펄 넘쳐 미어지게 고기를 잡을 수 있게

믿음과 신뢰의 말씀 안에 그물을 던져

위로와 축복이 가득할 수 있게 두렵고 떨리는 마음으로

오늘도 번번스럽고 부끄러운 죄를 고백하게 하시옵소서

오른편에 그물을 던지는 자가 되게 하옵소서

● 시골 밥상 (Dinner at a country house, 27″ x18″)

고향 가는 길 (On the way home)

간다
고향을 가득 담은 꿈을 들고 간다

지난밤 길기도 긴 어두움은 동트는 아침인데
30년 전 고향 향기 불어 닥쳐
지난 무소식은 꿈속에서 친한 체 하며
천 가지 만 가지 희망에 부푼다

마음이 편할 때 잊어버린 목련화
내 등에 버리고 온 고향 벗들
무소식 변명은 기쁨의 미소로 적시며
고향의 진달래꽃 향기에 내 마음 설렌다

득실은 내 조국 조상의 향은 그대로인데
이리 쏠리고 저리 쏠리는 콩나물 버스는 없네
돌아보는 이내 몸 지난밤 행장을 그리며
잊어버리고 살았던 고향의 품 안에 들어서야
고향 향기 가득 든 꿈을 들고 깨어나는구나

천륜 (Natural relationship)

너나 나나 어머니 아버지 자식이고
한 뱃속 길을 걸어온 한 핏줄인 것을

뒷산 소나무 굽이굽이 사이로 뛰어 놀던 곳
조상의 사당을 감싸며 뛰어 놀던 곳
조상의 텃밭인 동네 골목길 놀던 곳
우리는 해가 저물어도 인생길 저물어도
우리는 한 피가 흐르는 인신을 신고 가는구나

아련히 보인다 그 옛날 코 흘려 빨아먹고
때 묻은 손으로 밥 지어 먹던 그날들이
돌담 사이로 속삭이는 햇발처럼
우리는 어설피 어딘 듯 핏줄엔 듯
같은 마음이 열려 영원히 흐른다

너도야 우리요 나도야 우리요
우리는 영원한 천륜인 것을!

자살 계획 세웠네 (Suicide plan)

　　이민 온지 5년째의 일은 지금도 잊을 수가 없다. 그때 어디론가 흔적도 없이 떠나버리고 싶은 마음, 아무도 볼 수 없는 곳으로 떠나고 싶었다. 그때 90도 화상을 입어 병원에 중환자가 되어 화상 수술을 하였다. 간호사 4명이 요리저리 꽁꽁 잡아 묶고 얼굴 마취도 하지 않은 채 불에 덴 곳과 그렇지 않은 부분에 생살 껍질을 벗겨내는 그 아픔은 물론이요, 생살을 뜯어 낼 때 찍찍 찢어지는 소리와 그 아픔에 견디다 못해 내 몸을 포기하였네. 천으로 닦아 낼 때는 쇠솔로 문지르는 것 같은 아픔에 아무 생각도 할 수 없는 그 순간. 그러나 얼굴에 입은 화상은 치료하지 않으면 영화에서나 본 것처럼 사람의 얼굴이라고 할 수 없을 정도가 되어 버린다고 의사는 말한다. 그 말에 내 자신 그렇게 된다면 차라리 세상을 떠나는 게 자식들에게 좋겠다는 생각을 하면서 침상에 조용히 누어 자살 계획을 세워야 했다. 수술한지 24시간 후에 그 결과를 확인 한다기에 과연 어떤 얼굴이 될까 일분 일초가 나에겐 지옥 같은 시간이었다. 그러나 어떻게 할 수 없는 것, 마음을 비우고 확인하는 그 시간만을 기다릴 수밖에 없었다. 방 한 칸의 아파트에 한밤중에 화재가 발생하여 허겁지겁 부엌에서 훨훨 타는 불길을 헤치며 나왔을 때 우리는 아무 정신이 없었다. 그러나 불에 덴 발바닥 가죽은 떨어진 샌들처럼 덜렁덜렁하여도 모르고 잔디밭을 걸었다. 삶이란 자신을 망치는 것과 싸우는 일이다. 죽어버리면 없어질 몸이라도 한구석이라도 망가지지 않기 위해 우리를 망치는 것과 싸우고 있다. 한밤중 앰뷸런스에 몸을 싣고 전문병원을 향해 고속도로를 달리는 응급 도중 이것이 운명인지 교통사고를 또 만나 죽을 뻔했다. 교통사고로 또 다른 응급

차에 갈아타고 갈 때는 생각하고 싶지 않은 지난날의 악몽이었다. 한 가지 지나면 또 닥쳐 오는 시련들! 이것이 인간을 홀로서 가는 과정인가?

저 홀로 서 있는 나뭇가지에
새잎이 트이면 이내 꽃이 피고
또 열매가 맺히고 그 다음에 열매가 떨어지면
다시 한 나무가 되어 인동의 아픔 속에서 있다가
그러다 다시 새잎이 트고
꽃이 피네
그 아픔 속에서 견디고 견디어 다시 새잎이 트고
새로운 인생을 맛보는 것

우리네 인생길에는 깜깜한 날이 있는가 하면 미끄러지고 발에 채이고 넘어지는 날도 있다. 잿빛처럼 컴컴한 날이 계속되어 어디로 발을 내밀어야 할지 그 순간도 어리둥절할 때가 있다. 인생이란 길은 평탄치 않아 늘 더듬어 걸어가기 일쑤다. 이럴 때 환희 밝혀주는 것은 지혜라는 등불이다. 우리가 많이 배우고 못 배우고는 상관없다. 그리고 많이 가지고 있는 사람이나 없는 사람과는 전혀 관계없다. 어둠을 헤쳐 나가야 하는 우리에게 그것은 항해를 순조롭게 해 나갈 수 있도록 이끌어주는 등대와 같다. 우리네 인생길에서 시련과 상처 고난과 눈물 그 많은 것들을 지혜롭게 풀어 가다 보면 캄캄한 우리 인생도 머지않아 환희 밝아올 날이 있다고 나는 믿는다. 24시간의 암흑도 이제는 추억으로 남으려나? 그 활짝 피는 한 송이 꽃의 추억으로 다시 들리는 나의 기도처럼 현실 속에서도 미루어둔 일들이 너무 많아 부끄러움에 나의 추억의 기도로 남기고 싶어진다.

Mokuleia 사탕수수밭 (Sugar millet field)

푸르고 푸르던 수수밭도 이제
기름진 땅도 없네 사탕수수밭
외쳐 부르던 산새들은 떠나갔네

시퍼런 하늘을 찢고 덩달아
키 재보는 이름 모를 잡초들
터질 듯 터질 듯 기억의 몸짓으로 떨리는 수수밭

가득한 꿈을 그리다 죽도록 그대만 그리다
거울은 탁한 물속에 빛나는
가을 푸른 하늘처럼

이민 첫 출발 선조들의 영원의 여름 아지랑이
외로움에 싸여 떠나버린 당신
빛 바랜 옛 사진 앞에 숨죽여 울고만 가네

돈이 무엇인가 (What is money)

돈으로 날 꼭 움켜쥐네

일만하며 살라 하네

죽은 시늉하고 살라 하네

꿈도 버리고 잡으라 하네

들쥐처럼 살라 하네

시중들고 비유 맞추며 살라 하네

돈이 날 꼭 잡고 그믐달처럼 어두운 목숨으로

숨죽이고 살라 하네

신혼여행은 하와이 (Honeymoon in Hawaii)

오! 호텔방에 보금자리 친

침대 위에 보금자리 친 신혼의 혼야밤

산 없는 수평선 위에 우리의 세계를 연모하며

조용히 눈을 감고 바다를 그려본다

가만히 얼굴을 맞대어 보곤

어어 어둠이 다가온 밤은 깊어

화촉 동방의 호롱불은 꺼지고

짜르한 그 모습은 그림자로 사라지면

어둠 속의 보이지 않는... 그림자

그토록 고왔던... 그대

그토록 사랑했던 연인이

그토록 어둡고 껌껌한 물속에서

물고기의 세상처럼 노니는데

어렴풋이 들리는 노래가 있어 허니! 아아!... 응

야릇한 곳 터지는 소리인가 번뇌에서 해탈하는 소리

태초의 생명의 비밀 문이 열리는 소리

한 생명 화력을 울리는 소리

무궁한 생명으로 통하는 소리 있어

오-오 하늘이여

저 맑은 하늘에 여든여덟 개의 별자리는
오늘의 이 밤을 위하여 유달리도 빛나거늘
별들은 달을 베고 님은 님의 달을 베고 침침히 깊어 가나보다.

이민 온 제 2의 고향 (My second home)

흘러 흘러 그 흐름 위에
그 흐름 위에 내 보금자리 친
나의 제 2의 고향

선산이 없는 낯선 곳에서 조상을 그리워하는 마음에
조용히 눈을 감고 옛 고향을 마음속에 담고
옛 탯줄이 떠올라 그려보다
조용히 앉아서 시간을 잃어 버리곤한다

뒷산 여기산 봉우리에 오르팍 다르팍하고
산 너머 또 산 너머 보일 듯 말 듯
한발자국 올라 갈 때면 어릿거리는 바다
바라보다가 해가는 줄 모르곤 하구나

저 넓은 바다를 마음에 안고
샌드 아일랜드 잔디 위에 파묻혀
가만히 알로하 타워를 바라보고 있으면
저 깊은 바다 소리는 이민자들 반기는
안개 같은 이민향기 마음이며 가슴에 서리로다

임종을 못한 불효한 마음(Depart without farewell)

생전에 못 뵈옵고 꿈이나 뵐까하여

눈감으며 허공 길을 돌고 돌았으나

돌고 도는 꿈조차 흔들리어

빌 듯 말 듯 돌고 돌아 가까운 듯 하면서 돌아 멀어라

아 다시 못 뵈올 인연이여

허공을 돌고 돌아 밀리고 밀려 만나는가

부모와 자식 사이에 천만리 같은 허공 길이어라

다시 볼 수 없는 그 모습 천만리 떨어진

그의 옛 모습은 꿈처럼 희미하여라

생전에 못 뵈옵고 꿈에서나 뵐까하여

처얼썩 처얼썩 주저앉아

봄하늘 넘고 돌아 꿈길을 걷기는 걸었으나

꿈길은 돌고 돌아 끝이 없어라

뵐 수 있듯 멀어져 가건만 가까운 듯 하면서 멀어지네

알로하 향 (Aloha)

산이요 들이요 꽃이피네
향기가 피어오네
사시사철 가림 없이
향기가 피네

무인도에
외딴섬에
알로하 향기는
외로이 저만치 붉게 피네

섬에 사는 우리님
알로하 향기 좋아
다이아몬드 헤드 내려다보고
꽃을 귀에 걸고 사노라네

산이요 들이요 꽃이피네
내 집 뜰 앞에 꽃이피네
사시사철 잃어버린 이 땅에도
꽃피고 꽃이지네

인생은 사랑하기에 산다 (I love living life)

인생은

사랑하기 때문에 산다

당신과 함께 가는 인생

사랑의 그네를 탄다

황혼의 길로 날고 싶어

살이 넘치는 몸으로 난다

인생의 길은 뛰어도 사랑의 길은 짧은데

날고 싶어라

항상 설레는 그리움으로 발을 구르며 뛴다

내 가슴 깊은 곳에 묻어오는 설렘과 쓸쓸한 빛깔은

나는 너를 사랑하기 때문에 산다

Waikiki 바다 (Waikiki beach)

처음으로 이민 온 그때
외로운 눈물 속에 내가 서있던 와이키키 바다

외로운 마음을 짜디짠 소금물로 씻겨주고
나의 썩어버린 것들을 막고 어두움이 다가오는 밤에도
출렁이는 파도
그리고 나의 작은 희망을 채워주던 바다

조용히 출렁이는 속 깊은 이민의 말
저 넓은 수평선으로 한없이 이어지는 나의 조그만
이민생활 기도를 또다시 들려주네

수많은 작은 모래밭에 누어
저 높은 하늘의 별들을 세어보면
두고 온 먼 하늘 형제들도 저 별을 세ㅏ보다

푸른 바다는
내 가슴을 가득히 담고
하늘의 기도를 또 들려주네

한시도 버리지 않고 저 맑은 바닷물은
내게 희망과 영원을 들려주는 환희의 눈물 속 푸른 사제를
나는 잊을 수 없네

사랑이 가득한 집 (Love-filled home)

화려한 미소를
꽃 속에 묻어두고
우리 님 기다리며 조용히 서 있네

귀에 꽃을 꽂은 손님이라면
낮잠 자던 비둘기 일어나
손님 맞으려 구구 노래한다

저녁놀 붉게 타는 석양 앞에 다짐하며
아이들 손잡은 우리 집엔
소원 소망 빌어 보네

파도를 헤치고 유람선 사이로
수평선 턱걸이 붉은 빛을 안고
낙원의 하와이 우리 집엔
사랑을 약속한다

유리창 위에 오는 석양길 (Sun coming over the window)

벌판 위에는
가랑잎도 없고 고랑도 없다
아무도 없다

붉은 구름너머로 하늘이 무너져
쓰린 가슴을
보듬고 가는 나그네일성 싶다

저물어가고 기적소리는 나는데
외로워 창가에 기대고
갈 길은 어디메뇨 하노라

바람이 유달리 찬 이 저녁
조금도
나는 조금도 외롭지 않으련다

옛추억 (Old momories)

잊어버린 듯 했는데
오늘도 마음에 묻어 있어
지난날 옛 추억이 떠돈다

추억 강산이 세 번 뒤집어지고
이리 쏠리고 저리 쏠리던 콩나물 버스시절
마음속 떨어지지 않은 건
옛 둥지 속 깊숙이 채웠다 하는구나

철부지 그날 꿈이나 아련히 보이는가
아ㅡ 그립다 나의 내 마음 텅 빈 날은
너는
너도 아니 오는구나

문 닫은 사탕수수 공장 (Sugar cane plant closed the door)

문 닫은 사탕수수공장
벌거벗은 들에 민족의 사랑은 오는가
나는 흩어버린 이민초길을 따라
온몸에 햇살을 받고 이름 모를 풀들이 맞붙는
선조들의 꿈속으로 가듯 걸어만 간다

입을 다문 멧새들아
입술을 다문 영혼들아
나는 혼자 온 것 같지가 않구나 영혼들이 끌었느냐
누가 부르더냐 말을 해다오 속 시원하게
멀리서 파도는 귀에 속삭이며
외롭다 하지 말라
바람에 흔들고
이름 모를 멧새들 저 멀리 수수나무 뒤 앉아
수줍은 듯 반갑다 지저귀네
고맙게 잘 자란 한 그루 수수대야
지난밤 곱게 내린 이슬비에
너는 가지런히 빈 새색시 머리를 감았구나

이민 선조들에 영혼 또한 가쁜 하다
너는 혼자라도 좋으니 가쁜 하다
너는 혼자라도 좋으니 기쁘게 나가자
이름 모를 멧새들아 깝죽깝죽 대지 말라
이민 선조들에 때 묻은 한 그루 수숫대에도 인사를 해야지
수수밭 지심 매던 선조들 발자국이라도 보고 싶다

잡초들판 이민 설움이 어우러진 들길로
발목이 시도록 밟아가며 땀조차 흘리고 싶다
문 닫은 사탕수수공장은
민족의 사랑마저 아리송하구나

마지막 금반지 (Last gold ring)

간밤에 쏟아지던 꿈속에

잔주름 굵어지고 휘어진

어머니 생전의 그림자

치매로 어린아이 되고

치매로 새색시 되고

가짜 금반지 손가락에 끼우면

그리도 좋아하던 어머니

그날이 믿기지 않도록

좋아하시던 그날을 나는

지난밤 당신을 꿈에서 보았소

믿기지 않아도 보았소

금반지 끼우던 그날을

가끔씩 금반지는 한밤에

생전의 당신 품에 안기어

나의 온몸에 금반지를 끼운다

 **제4장** 어버이 사모곡

1. 아버지 편
Exhausted father from a fight against cancer

2. 어머니 편
Mother leaving with dementia

저승으로 가는 길목에서
(Truth-based short stories of the last moments with my parents)

부모님의 마지막 순간 일들을 사실 그대로 쓴 미니 단편 소설

    이 이야기는 내가 부모님과의 마지막 순간을 겪으며 쓴 것이지만 그러나 이 이야기는 나 혼자만의 이야기는 아닐 것이다. 어쩜 이것은 부모를 둔 이 땅의 모든 자식들의 이야기 일지도 모른다. 가만히 돌아보면 자신의 고독 때문에 서글픔 때문에 시간을 낭비하느라 가정, 가족, 부모님을 돌보지 못하고 있는지 모른다. 가슴에 뭉클한 감정과 그리운 향기를 맡지 못하고 살아온 나날은 또 얼마인가?

    몹시 술에 취한 어느 날 초라한 가로등이 좁다란 골목을 휘영청 비쳐 주는 시각 내딛는 발길에 오늘을 잊고 지낸 적이 있다. 반복되는 일상 속에서 우리가 진실한 사람냄새를 맡아본 것은 언제일까? 그 험한 굴곡의 시절을 용케도 견뎌내고 지금 우리는 듣고 보는 것만으로도 행복한 세상을 살고 있다. 그럼에도 가끔 아무런 이유 없이 눈물이 글썽해진 채 펑펑 울고 싶어 질 때가 있다. 왜 풍요의 시절을 살면서도 항상 아쉽고 허전하고 왈칵 눈물이 쏟아지려 하는가? 왜 그러한 메마른 가슴을 눈물로 적시며 다스려야 하는 걸까? 아니 자식들만 그런 것이 아니다. 혹시 당신의 어머니 아버지가 그런 고독과 서글픔에 빠져 있는 것은 아닐까? 사람의 훈훈한 정을 그리워하는 것은 아닐까? 하던 일을 멈추고 조금만 마음을 열어 사랑의 문을 펼치면 그 향기로운 사람냄새와 따뜻한 마음의 냄새가 훈훈하게 우리

모두에게 행복한 시간을 선사할 지도 모른다. 아버지 어머니가 임종할 때의 그 순간순간, 눈물도 메마른 채 사람이 그렇게 죽어가야만 하는 길목에서 저승길로 한 발자국씩 걸어가던 부모님의 말들을 하나도 놓치지 않고 그려 보았다.

1 아버지 편

Exhausted father from a fight against cancer

"애야 날 좀 도와다오"

하면서 아버지는 진저리가 쳐지도록 두 이빨을 악물고서 그 고통을 참아나갔다. 말기 암을 이기려는 표정을 볼 때마다 내 어금니가 빠지는 느낌을 받았다. 와이키키 바다에 더러는 볼 수 있는 그 예쁘고 고운 돌멩이가 매끄러운 조약돌이 되기까지 숱한 파도에 씻기고 씻기어 하나의 조약돌이 되는 것처럼 우리의 삶도 모질고 거친 파도에 부딪치고 깨지길 되풀이하면서 어른이 된 것이다. 이민생활 이십여 년 그 모진 힘든 일하면서 자식 하나 바라보고 밤에는 호텔 청소를 마치고, 낮에 겨우 한숨 자고 일어나서는 빈 깡통을 주워 모아 조금이라도 살림에 보태려던 부모님의 헌신적인 힘은 어디서 나온 것일까?

아버지는 어머니와는 비교적 정답게 사셨다. 그러나 어느 순간부터 몸이 견딜 수 없이 아파지시면서 병원에 입원하여 진찰한 결과 대장암이라는 진단을 받았다. 그때 비틀거리며 초라한 가로등 골목길을 걸어 집에 오면서 병상에 누워 계신 아버지의 모습이 무척 외롭게 보였다. 아버지의 굽은 등을 사실 한 번도 그때까지 제대로 본 적이 없었다. 그래서 더욱 죄스럽고 슬펐다. 아버지는 이 세상에서 누구보다도 어머니를 사랑했다. 어머니를 위해서라면 모든 것을 버릴 용기도 갖고 계신 분이었다. 다행히 암과 싸우기 위해서 병원 문턱이 닳도록 다닌 결과 많이 좋아졌다고 안심했는데 또다시 아픔을 견디기 힘들어 병원 신세를 진 것이다. 입원한 아버지는 외로움과 아픔, 무섭도록 큰 두려움과 괴로움 그리고 허탈감에 싸인 채 마지막 길을 걷고 있었다.

하지만 아버지 곁에 있어드려야 할 자식들은 먹고 살기 위하여 흩어져서 일을 해야 하는 통에 형편을 보면서 번갈아 가며 시간나는대로 병원엘 들려 볼뿐 아버지께 해드릴 것이 없는 것이 안타까웠다.

아버지는 줄곧 눈을 감고 있었는데 모든 게 앞이 캄캄하여 감고 있는지도 모를 일이었다. 그러다가 가끔 몸을 뒤틀 거리며 눈을 뜨더니 소변을 보고 싶다고 했다.

소변을 받기 위해 플라스틱 조그마한 소변 통을 내밀기도 전에 아버지는 그새를 못 참고 그냥 옷을 적시고 만다.

옛날에는 전봇대처럼 꼿꼿하던 아버지가 번데기처럼 한없이 쭈그러들고 있었다. 번데기 멱살을 잡는 것처럼 잡아보니 그 굳은 남자의 성기는 어디 가고 남의 것처럼 너는 너, 나는 나, 마음은 마음대로 모두가 제 각각 이리도 허망한가? 이것은 누구의 짓이란 말인가? 물론 눈으로 볼 수 없는 그 암놈 때문이겠지. 어느 날 아버지 친구 분이 병원에 와 말을 걸었다.

"어이 여보게 좀 어떤가?"

연락 없이 병문안을 온 그를 보며 울음 섞인 목소리에 아버지는 그만 말문을 멈추었다. 그것은 분명 아픔과 절망 그리고 흐느낌 이었다.

"나 부탁인데 아들놈한테 말 좀 해 주게 제발 나 좀 그대로 보내달라고"

"……"

"부탁인데 그렇게 해주겠나?"

"......."

아버지 친구분은 아버지의 갑작스런 이런 말에 얼굴색이 창백해지더니 힘없이 아버지 손을 잡으며 쳐다만 보고 있다가,

"어이 친구 무슨 소리인가, 지금 세상은 의학이 발달하여 옛날 같지 않은데 그런 소릴 하는가?"

"어이 .... 나... 정말 ......"

아버지는 무언가 말을 하고 싶은데 열지 못한다. 고통이 밀려오는 것처럼 보였다. 말하고 싶은 것이 있는데 말하기 힘 든 모양이었다. 친구분은 링겔병을 만지작거리고 말이 없었다. 끝내 죽음을 말하면서까지 도도하고 태연한 척 하면서 꼿꼿한 자존심을 지키려는 어쭙잖은 풋고집. 그렇게 말고는 달리 생각할 거리가 없었다.

"어이 자네는 참 나쁘네. 네 한 놈의 자존심을 지키려고 남아있는 자네 마누라 양로원에 있는 마누라 생각은 안 해? 그리고 자식들은 가엾지도 않아? 어떻게 그토록 이기적인가? 힘들고 아픔을 이기기 어렵지만 그래도 자식들 심정을 한번을 생각해 주어야 할 거 아니야? 그래 너만 떠나려고 각오하면 어떡해? 남아있는 처 자식들에게 아무런 시간을 안 줘도 된다는 것인가? 마음을 단단히 먹고 기적이 일어나길 기도해 보게나."

친구분의 말에 아버지는 아무런 말도 대꾸도 없었다. 다만 몸을 옆으로 돌아 누울 뿐이었다. 친구분은 또 다시 말을 꺼냈다.

처음엔 너무나 겁도 나고 당황스럽던지 말문을 열지 못하더니 한번 연 입은 계속 말을 쏟아 냈다.

"자네. 자네가 떠나버리면 가족들에게 얼마나 혼란을 주는 건지나 아나? 자식

들보고 죽여 달라니, 자식들 마음도 모르고 그게 무슨 말인가. 자식은 아버지를 마음으로 나마 살 수 있게 하는 게 자식이지. 부모를 죽여주는 게 자식이야. 왜 그런 쓸데없는 소리를 하는 거야?"

그래도 아버지는 아무런 대꾸가 없었다. 여전히 차가웠다.

"말 좀 해봐! 무슨 말이 있어야 하는 게 아니야?"

네 말대로 죽으려고 한다면 살아서 보람 있게 보란 듯이 살아 주어야 할 의무도 있는 게 아니야? 네 원하는 대로 그렇게 서둘러 떠나버리면 남은 자식들은 어쩌라구? 그렇게 비참하게, 물론 죽는다는 것은 모두 비참하지. 그러나 진정 자네가 가족을 사랑한다면 그럴 수는 없어 제발 정신 좀 차려"

그래도 아버지는 냉정한 마음 그대로였다. 무엇이 아버지 마음을 그렇게 굳어 버리게 했는지 참 싸늘하게 보였다.

"자네가 죽기는 아직 너무 일러. 그러니 그 교만 다 버리고 진정으로 사랑할 수 있을 때까지 아픔의 고통이 와도 마음을 가다듬어 괴로워도 살아야 해"

친구분은 그렇게 한참 동안 설득하고 나서야 힘없이 손을 놓고 천장을 쳐다본다. 그런 아버지를 바라다보고 있는데 아버지는 서서히 몸을 돌리며 슬며시 눈가에 굵은 물방울이 굴러 떨어질 것 같은 모습을 지었다.

그러나 친구분은 그걸 볼 수가 없었다. 등을 돌아 멀리보고 있었기 때문이다. 그러나 친구분은 다시 돌아서서 말하기를,

"자존심 다 버리고 우리 모두가 사랑하기 때문에 가족을 사랑하고 사랑하기 때문에 어쩔 수 없이 비굴해 지면서도 암을 헤치고 버티고 사는 거야"

"어이……"

아버지의 갑작스런 눈물 섞인 목소리에 친구분은 깜짝 놀라 말을 멈추었다.

분명 흐느낌이었다.

"다음엔 바쁜데 찾아오지 말게. 그리고 우리자식들 좀 부탁하네"

친구분은 몸도 마음도 말문이 꽁꽁 얼어 버렸다.

"어........"

고개만 끄덕이며 가슴 찢기는 그 고통을 맛 봐야 했다.

"이기적 자존심이라 했나? 나에겐 자존심도 없고 이기적으로 하는 것도 다 버렸어. 내가 가야 한다고 할 땐 이미 모든 게 다 무너진 거야. 사랑을 모른다고? 나도 처자식 사랑해. 자네는 몰라. 더는 자식들을 괴롭힐 수 없어 그래서 내가 결정한 거야. 내가 살아있으면 자식들 또한 양로원에 치매까지 있는 마누라 모두다 얼마나 고통스러워하겠는가. 처자식들을 사랑하기 때문에 갈려고 하는 거야"

아버지의 말은 이어지다 끊어지고 끊어지다 이어졌다.

어렵사리 하는 말은 옆에서 보기에도 딱하기 짝이 없었다. 그래도 그 아픔을 이기려 하면서 어금니를 물어가면서 아버지는 말을 계속하려 한다.

"자넨 몰라. 눈을 감는 순간마다 꿈처럼 찾아오는 그 죽음의 악몽이 얼마나 무섭고 두려운지 몰라...목숨을 끊을 용기조차 없어 친구인 자네에게 거짓말 하면서까지 죽겠다고 하는 것이 나도 싫어... 무서운 공포에서 벗어 나가고 싶어"

친구분은 할 말이 없어 눈물만 흐느끼고 있을 뿐이었다. 그리고 아버지는 눈물 섞인 목소리로 아주 힘들게 말하고는 다시 눈을 감고 돌아 누워버렸다.

그 다음에는 친구분이 무슨 말을 해도 대답하지 않았다.

침상 앞에는 한글 하고 영어로 써놓았다. (1)번-아파요 (2)번-많이 아파요 (3)번-배가 고프다고 써두었다. 그 다음 줄에는 기철이 전화 그리고 기륜이 전화번

호를 써놓았다. 아버지는 영어를 모른다. 그래서 기철이가 써두었다. 의사가 오면은 (1)번을 가리킨다. 그러면 의사가 아프다는 걸 알고 약을 주고 필요할 땐 의사가 자식들에게 전화를 걸어 물어본다. 둘째 아들 기철이는 병원에 자주 온다. 물론 기철이는 그런대로 살고 시간이 많은 편이다.

그러나 아버지는 기철이에게 말을 조심스럽게 한다. 왜냐하면 그는 성질이 좀 급한 성격이다. 하여 묻는 말 외에는 조심히 하는 편이다. 철이가 통명 스런 말로 "아버지 수술합시다" 했을 때도 아버지는 아무 말도 하지 않았다.

"수술한다고 의사에게 말씀 드릴 터이니 그런 줄 아세요"

"안 한다니까 나 죽게 그냥 두어"

성질을 있는 대로 내면서 통명스럽게 퍼부어 버린다. 기철이는 당황한듯 어쩔 줄 모른다. 그러자 급한 성격에 참지 못하고,

"그래 아버지 마음대로 하세요"

오히려 신경질을 내어 버렸다. 그리고는 밖으로 나가 담배만 뻐끔뻐끔 줄담배를 피우고 있는 것이다. 창가에 기대어 무언가를 바라보면서 어떻게 해야 좋을지 몰라 하고 있었다. 그냥 그대로 보내기는 너무 말이 아니고 그래도 수술이나 한번 해봤으면 하는 생각이다.

"아버지를 어떻게 설득해 수술을 하자고 해봐라"

철이는 동생 윤이에게 부탁한다.

"........."

기윤이는 말이 없다. 형이 할 수 없는 것을 무슨 수단으로 내가 할 수 있느냐는 것이었다.

그러던 다음날 아버지는 셋째 아들 기윤이를 찾았다. 그 다음날 기윤이는 병

원을 찾아 갔다. 행여나 행여 마음속에 미움이 없었는지, 담아 두고 있는 원망은 없었는지 되새기며 찾아가 털어 버리고 용서 받을 일이었다.

"애들은 잘 있느냐?"

힘들고 고통스럽고 메마르고 탁하게 갈라지는 아버지 목소리였다.

"예"

한숨을 쉬면서 어떻게 해야 좋을지 아무 생각이 나지 않는다. 가만히 서서보고 있을 수밖에. 아버지는 말을 잘하지 않는다.

당신이 암이라는 것 때문에 그 아픔을 못 이겨 자기 자신을 억제하고 당신의 그 모든 고통 그 모습을 자식들에게 보여주기 싫은 것이다.

"아버지 좀 어떠세요?"

"....."

눈만 감은 채 아무 말도 하지 않고 당신이 혼자서 그 아픔을 이기려 하고 있는 그 모습.

"내 걱정 말고 너희들이나...."

퉁명스러운 대꾸와 함께 아버지 표정이 잔뜩 일그러졌다.

이러한 모습과 표현은 별로 본적이 없는 화난 인상이었다. 물론 어머니 또한 치매 상태고 몸은 점점 악화 되고 있었다. 어머니는 휠체어를 타고 아버지 병실로 찾아왔다. 물론 어머니 또한 양로원에 있으나 휠체어 아니면 아무데도 갈 수 없다. 또한 혼자서 다닐 수가 없어 누워있는 남편을 보고도 멍하니 있다. 똑 같은 처지라고 할까 아니면 치매가 부부 사이를 멀리했을까? 그도 아니면 인생이 허무하여 기가 막혀 말이 안 나오는가? 아니면 믿기지 않아서 그러는가? 멍하니 앉아서 아버지만 쳐다보는 걸 옆에 있던 딸은 어머니보고

"어머니 아버지한테 무어라 말을 해봐"

눈물도 나오지 않고 멍하니 있더니

"영감 많이 아프요? 어서 일어나시어"

무뚝뚝한 말씨로 한마디 하고는 아버지 손을 슬며시 잡으며

"아까운 손 그렇게 서둘며 죽으라 일만하더니 이제 갈라요?"

"말 좀 하시어라"

이제 어머니는 정신이 좀 오는지 눈물을 보이고

"아이고 여보, 어서 일어나시오. 먼저가면 나는 어짜구라"

아버지는 죽음 앞에 무슨 말을 하겠는가 싶었는지 아무 말도 없이 눈만 감고 가만히 누워있었다. 처음 어머니가 왔을 때 눈을 한번 떠본 게 고작이었다.

"영감 눈 한번 떠보시오"

눈을 굳게 감고 있는데 어머니는 아버지를 만지려한다. 딸은 어머니를 잡고 가까이 밀어준다.

"엄마 아버지 만지고 싶어?"

"응"

하며 고개를 끄덕이어 더 가까이 밀어주었다. 어머니는 얼굴을 만지며

"영감 어디가 그렇게 아프요?"

"엄마 아버지 빨리 일어나라고해"

"어서 일어나시오"

"느그 애비 어떻게 해 안 일어나면?"

하는데 딸자식은 눈물을 훌쩍거리고 철이 그리고 윤이도 참으려 해도 눈물이 글썽거리기 시작 했다. 인생은 한번 태어나 다시 돌아가는 것인데 왜 이리도 힘들

어야 하는지. 그러던 어느 날 갑자기 암 증세가 하루하루가 다르게 변해간다고 의사가 말했다. 그러나 아버지는 마음의 각오가 서있었다. 의사가 가족들을 불러 모았다.

"암 증세가 깊어가니 빨리 서두르지 않으면 위험하다"

"수술하면 가능성이 있습니까?"

윤이는 의사에게 물었다.

"수술은 해봐야 알지만 단 10% 가능성만 있다면 수술을 하고 싶습니다"

10%가능성만 있으면 수술을 하자고 한다. 의사의 말이다.

그러나 윤이는 반대를 하고 싶어했다. 수술하게 되면 최소한 두세 번은 해야 된다니 그 상처가 아물기도 전에 또 칼을 대야 된다니 그 아픔을 어떻게 이겨 내라는 것인가? 그러나 아버지는 절대 수술을 하지 않겠다고 했다. 수술은 아버지 대답이 있어야 하기에 답을 할 때까지 기다리기로 했다. 물론 자식이라면 별수단을 동원하여 수술이라는 것을 하여 암이라는 것을 뽑아낼 수만 있다면 한번 해보고 싶은 것이 자식들의 심정이지만 절대 하고 싶지 않다고 하기에 어쩔 수 없는 심정이었다. 다음날 말하기조차 힘들면서 윤이를 불러 마지막 말씀을 하고 부탁처럼 하시려고 한다.

"기윤아..."

"예 아버지"

"니네 작은형이 수술하라고 하는데 제발 수술은 하지 말라고 해라"

이제는 정말 준비 한 것처럼 이제는 마지막 인 것이 분명한가?

"아버지 수술해서 나을 수만 있다면 하시면 어때요?"

아주 어렵게 아픔을 이기려 하면서 하는 말이

"의사들이 나를 실험 대상으로 하려고 하는 것이니 부탁이다"

윤이는 어떻게 무엇을 말을 해야 좋지 병실 문에 기대어 할 말을 잃고 서있는데

"윤아 여기에 앉거라" 하고 아버지가 부른다.

"예"

그 말이 끝나자마자 주기적인지 아픔이 또다시 오고 입술을 깨무는 듯 찌푸리고 또다시 어렵게 말문을 열었다.

"장사비용은 얼마나 드느냐?"

갑자기 당신의 입에서 그런 말이 나오다니 그건 단단한 각오처럼 보였다.

놀랍기도 놀랐다. 하지만 그래 아버지 잘 가시오 하는 것처럼 어리둥절하여

두서없이 얼마 들것이라고 했다. 다시 입술을 깨물며,

"니 엄니 하고 장사 치르고 얼마 남는 것 너희들에게 나누어주고 가련다"

과연 얼마나 자식들에게 주고 싶으면, 이거야 정말 이런 소리를 할 줄은 생각도 못했다. 과연 돈이 있으면 몇 푼 있다고 단돈 1불이라 주고 가고 싶어 하는 그 마음 과연 나 역시 그런 상황이라면 그럴까 하는 생각이 들었다.

"느그 큰형 좀 왔다 가라 해라. 꼭 한번 왔디 가라 해라"

"예 그럴게요."

마지막 순간까지도 자식들에게 피해를 주지 않으려고 모아둔 몇 푼을 자식들에게 줄 생각을 하시다니 놀랍다. 윤이는 기가 막혀서 아버지 침대를 꼭 잡고

"아버지 사시면 얼마나 사신다고 그런 걸 신경 쓰세요. 아버지가 말 안 해도 자식이 일곱이나 되는데 무엇이 그렇게 걱정이 되세요. 그런 생각 말고 마음을 단단히 먹고 일어나 서서 집으로 가 말씀 하세요. 그리고 자식들이 걱정이 되시면

모든 형제들은 다들 그런대로 살고 있으니 몇 푼 있거든 시애틀에 있는 큰형에게 주세요. 그리고 나머지는 작은형 주세요"

눈을 조용히 감고 듣고 있던 아버지는 다시 윤이를 부른다.

"윤아"

"예"

"느그 큰형 보고 오라해라"

"예"

큰형이 달려 왔다. 아버지 병실에 찾아가 아버지를 만나고 시애틀로 돌아갔다. 그러자 세상을 떠나기 3일전 윤이는 고개를 숙이고 그러다가 천장을 쳐다보다가 밖 유리창으로 먼 산을 쳐다보고 있는데

"윤아 나는 이미 이 세상 사람이 아니다"

아버지는 윤이가 매맛한지 당신의 하고 싶은 말을 다해버린다.

"꿈에서가 아니다. 저번에 집에 정리할 것이 있어 임시 이틀 퇴원했을 때 너무 아파서 화장실로 기어서 가는데 앞에서 크나큰 능구렁이 뱀이 덤벼들더구나. 이 미 나는 저승에서 데려 가려고 구렁이가 바로 저승에서 나를 데려 가려고 왔으니 그래서 결정했으니 그대로 보내주라"

당신이 이미 이 세상 사람이 아니라는 그 말을 듣는 순간 윤이는 할 말이 없었다. 그 말을 믿어야 될지 아니면 그냥 그대로 두고 보아야 되는지 자식으로서 도와 드리고 싶은 게 하나도 없으니 그냥 아버지 말씀대로 그 순간만 기다릴 수밖에 없는 자식이 되었으니 눈물은커녕 앞이 캄캄할 뿐 어떠한 방안이 내려지질 않았다. 말 한마디 할 때마다 아픔을 이기려는 모습이

안쓰러워 의사에게 물었다

"우리 아버지 얼마나 살 수 있나요?"

의사도 말하기 쉬운 것은 아니다.

"길면 육일 짧으면 사흘"

그런 소리를 듣고 터벅터벅 현관을 걸어 병실 앞에 서서 다른 환자 가는 것만 멍하니 바라보고 있었다. 간호사가 들어가 혈압을 재고 약을 넣고 매일 두세 번 간격으로 번갈아 상태를 확인한다.

부모님이 가방 하나를 들고 이민 온지도 이십 여 년 된다. 영어를 몰라 괴로워 하시며 말 못하는 벙어리 신세로 살아오신 세월이었다. 이승 아닌 저승에는 언어 불편 없는 곳으로 계시라 하네. 가시나무 전설처럼 암이라는 사시에 찔려서 빠져 나오지 못하고 그 모든 고통을 보내야 하는 마지막 나날들이 스쳐간다.

이 모든 말들이 다, 이 모든 심정이 다 당신에게 무슨 소용이랴. 두고 가는 사랑하는 님을 두고 어찌 눈을 감으랴. 그냥 두고 가는 당신의 마음이야 어찌 모르겠습니까? 치매에 점점 빠져가는 사랑하는 님을 두고 이거야 말로 인간의 비극이 아니던가. 당신의 말대로 몸에 칼을 대지 말라는 부탁 때문에 그 고통을 숨기려고 하지만 숨길 수 있었던가. 빈손으로 왔다가 빈손으로 가는데 그토록 고통과 함께 가야 하는가. 누구든지 한번은 겪어야 하는 죽음의 길. 당신의 고통은 죽음보다 절망적이었을 겁니다. 마음을 편히 하고 이승에서 못한 일들 저승에서나마 부디 이루시옵소서.

(1999년 5월 25일 (음 4월 11일) 밤9시)

● 하와이에서 가장 크고 오래된 절이 있는 밸리오프 탬프 공동묘지 (Magnificent Valley of the Temples Memorial park)

2 어머니 편
Mother leaving with dementia

남편을 보내는 마음 한구석이 무너졌을 어머니는 그 길로 치매가 심해지기 시작 했다. 마음이 가라앉으려나 했는데 어머니는 절망에 빠져 버리는 것 같았다. 사랑하는 사람을 멀리 떠나보내고 그 텅 빈 마음으로 날마다 외로움을 토해내는 슬픔에 잠겨버린 어머니. 양로원에 계시던 어머니는 날로 치매가 심해 갔다. 어머니는 양로원에서 너무 거칠게 행동했다. 해서는 안 될 욕을 하고 침도 아무데나 뱉어 버렸다.

"예, 밥 좀 주시오"

"조금 전에 밥을 먹고 무슨 밥이세요?" 양로원 아줌마는 욕 소리에 정이 떨어진 듯 퉁명스럽게 말했다.

"저 년이 밥도 안주고 주었다고 그래"

혼자서 다닐 수도 없고 먹을 수도 없고 하나부터 열까지 남의 손을 빌려야 하는 어머니.

"어머니를 다른 곳으로 모시고 가세요"

급기야 양로원에서도 더는 못 모시겠다는 의견을 제시했다.

"어머니 왜 욕을 하고 그래요"

내가 물으면 어머니는

"욕 안 했어" 라는 말만 되풀이 했다.

오히려 어머니는 언제 욕을 했느냐며 되묻는다. 기철(작은 아들)이는 원장에게 부탁을 한다.

"우리가 돈을 더 부담 하더라도 어머니 좀 있게 해주십시오"

"어머니는 너무 힘들어 못 모시겠습니다."

그래 기철이는 기윤이를 불러 의논을 했다.

"어머니를 양로원에 둘 수 없으니 어떻게 하면 좋겠느냐"

그러나 미국 이민생활이란 누구나 뻔 한 것. 맞벌이 부부들이 어찌할 방도가 없다.

그러자 기윤이는 다음날 기철을 찾아가

"형 내가 어머니 모시겠습니다"

" ......"

형은 눈을 둥그렇게 뜨며 놀라운 표정에 쳐다만 보고 있더니만,

"양로원에서 힘들어 못한다고 하는데 네가 어떻게 하느냐 생각 잘해봐"

"내가 모셔 오겠습니다"

물론 기윤이도 마음속으로 걱정이 말이 아니었다. 직장을 다 버리고 스물네 시간 같이 있어야 하니 우선 놀라운 울음부터 삼켜야 했다. 기철이는 한숨을 쉬고 있을 뿐이었다. 꺽꺽 참지 못해 메어오는 목소리로 가만히 숨죽이고 있다가,

"그럼 그런 줄 알고 계세요"

"정말 네가 할 수 있겠니?"

걱정되는 목소리로 동생에게 건넸다.

"어머니가 살면 얼마나 살겠소. 그 동안 못 참겠소. 각오 했습니다."

굳게 마음먹으니 얼마만큼은 후련했다. 정말 사랑을 얻는 용기만큼 사랑을 주는 용기도 필요했다. 그것이 사랑을 얻는 유일한 길이었다.

"그럼 내가 가서 어머니 모셔 간다고 양로원에 말한다. 그러니 다시 한 번 잘 생각해 봐"

양로원에서는 당장 모시고 가라는 것이다.

"지금 바로요……"

기윤이는 말이 떨어지자마자 어머니를 모시고 집으로 왔다. 준비도 되지 않았는데 병원에서 여섯 가지 약을 받아 들고 집으로 와 잠자리 준비, 샤워할 준비 등을 해보지만 여러 가지가 미숙했다.

"여보 어떻게 하려고 어머니를 모시고 와요"

기윤이 처는 걱정과 걱정 속에서 힘들게 밤 일만 십여 년 해왔는데 어머니까지 모시게 되니 걱정이 말이 아니었다.

"여보 걱정 마. 내 어머니니까 내가 알아시 할 테니 사네는 평상시 하는 그대로 똑같이 살아 걱정 말고"

기윤이는 신경질적인 큰소리로 마누라에게 말했다. 그러나 곧 후회했다.

생각해보니 어머니한테도 미안하고 마누라한테도 미안하여 억지웃음을 지었다.

"야 오늘 어머니도 집에 왔고 했으니 오늘은 파티나 할까? 바비큐도 하고"

"……"

마누라는 남편이 기특하기도 하고 자랑스럽기도 하지만 한편으로는 불쌍하기도 하여 말이 없었다.

"여보 그럼 고기 굽고 맛있게 먹자"

일단은 웃음으로 돌렸다. 어머니는 휠체어에 앉으려 하지 않았다.

"어머니 좀 앉자, 그러다 넘어지면 어떡해"

"괜찮아"

어머니는 서있기를 좋아한다. 그래 샤워를 하면서 엉덩이를 살펴보니 종기가 생겨서 앉기를 싫어했던 것이다. 양로원에서 샤워를 자주하지 않아서 엉덩이에 커다란 종기가 나있었고 부어올라 있었다. 얼마나 아팠을까? 얼마나 아프면 의자에 앉지 않았을까? 그런 어머니의 사정을 헤아리지 못하고 양로원 사람들은 의자에 앉지 않는 어머니를 미워했을 것이다. 어머니의 종기는 매일 샤워 한 다음에 소독약으로 씻어 내어 치료를 했다. 기윤이는 셋째 아들이다. 형제들은 많이 있어도 자기가 자진해서 어머니를 모시겠다 했으니 힘들어도 누구한테 원망을 할 수가 없었다. 그러나 다행히도 기철이는 그전에는 얼마 되지는 않지만 양로원에 현찰로 조금씩 기부하던 것을 기윤에게 생활비로 주었다. 기윤이는 며칠 지내다 보니 밤에 잠을 잘 수가 없었다. 어머니는 잠을 많이 자야 3시간이었고 때로는 2시간 심할 때는 30분도 안 주무실 때가 있었다.

"어머니 잘자."

"예"

어머니는 자식을 자식인줄 모른다. 자식한테 예라고 한다.

"아잡씨 아잡씨(아저씨 아저씨)"

시골 사투리 말씨로 기윤을 부른다.

밤 11시 곧장 2시간 자고는 지금 막 잠을 자는 기윤을 불러댄다.

"엄마 왜 또 그래"

"나 일어나게 해 주시요"

한밤중에 겨우 2-3시간 자고 많이 잤다고 일어난다 하니 일으켜 줄 수밖에 없다. 그러나 잠을 제대로 잘 수 없는 기윤이는 지쳐버린다. 휠체어를 잡고 기윤이는 꾸벅 꾸벅 졸기 일쑤였다.

"아잡씨 졸려요?"

"그래 졸려 죽겠어"

휠체어를 밀고 달 밝은 마당에 나가 이리 갔다가 저리 갔다 한 바퀴 돌아다닌다.

"아이고 추어라"

"춥다고?"

"예"

"그럼 어머니 들어가 자자"

"엄마 안 졸려?"

"안 졸려라"

"왜 안 졸려 나는 졸려 죽겠는데"

"음 매라 안 졸려라"

기윤이는 가면 갈수록 너무 힘들었다. 다음날 그러자 여동생에게 화풀이를 했다.

"나만 자식이냐, 모두 다 돌아가며 어머니 한 번씩 모셔봐"

그 동안 기윤이는 힘들어 눈이 홀쭉하여 몹시 힘들어 보였다.

"우리 형제들 따져볼까? 다들 어머니 젖을 먹고 어머니 품에 커왔다. 그런데 나는 무어야. 나는 어머니 젖을 먹지 못하고 커왔다고 하던데 그런데 왜 나만 모셔야 하느냐"

　기윤이는 태어날 때 어머니 젖이 없어서 밥 국물을 젖 대신 먹고 컸다.

　그래 더 화가 난 모양이다. 한꺼번에 폭포수처럼 터지는 그의 흐느끼는 외침은 치매에 빠진 어머니를 보며 생긴 화이다. 그건 어머니에게 왜 이런 병이 찾아왔나 하는 화이기도 하다.

　어느 날 옛날에 교회 같이 다니던 친구분이 찾아왔다.

"애기 아빠"

　친구분은 기윤이 손을 잡는다.

"아픈 사람은 아픈 사람이고 자네가 고생 많구먼"

　안쓰러운 표정으로 따뚝거려 준다.

"오셨어요"

　어머니 친구분은 어머니를 쳐다보다가

"밥은 먹었어"

"응"

　어머니는 그냥 어린애 같았다.

"아들 힘들게 하지 말고 아들 말 잘 들어"

"예"

　친구분은 어머니한테 물어 본다.

"여기-야가 누구야"

　자식을 가리켜 누구냐고 물으니 모른다고 한다.

"어머니를 밥도 먹여주고 샤워도 시켜주고 다하는데 누구 인줄 몰라"

"돈 받고 일하는 사람"

어머니는 자식 집에 있어도 자식인줄 모르고 정부에서 나와 돈 받고 해주는 줄 알고 있다.

"어머니가 자네한테 무어라 해"

"나보고 아저씨라고 불러"

"오매매 시상에"

아주머니는 또다시 어머니한테 말을 건다.

"여기 있는 이사람 아들이야 아들"

"응"

친구분은 계속 말을 걸어 본다

"영감은 어디 갔어?"

"몰라 어디 갔는지"

아버지께서 돌아가신 줄을 모른다. 아무리 가르쳐 주어도 돌아서면 무슨 소리 인줄 모른다.

"아잡씨 배고파라"

하는 소리에 아줌마는 기가 막혀 혀를 내둘렀다.

"음매 음매 아들보고 아잡씨라 하네"

"자네 고생이네 눈이 쑥 들어갔군"

"이미 저는 단념하고 나니 차라리 홀가분해요"

그래 아줌마가 샤워를 해준다고 하여 그렇게 고마울 수가 없었다. 가끔 딸도 와서 샤워 시켜 준다.

"그토록 고왔던 당신이

그토록 사랑했던 못난 자식을 모르시다니

말 한마디 못하는 이국 땅에서 헤아릴 수 없는 설움에

고달픈 인생길을 참아가며 못난 자식 위해 고생고생 하시던 어머니"

나의 시 한편이 생각난다.

내내 창가에만 시선을 둔 채 기윤이는 아무런 말이 없었다. 아주머니는 그것을 보고 시선 회피가 아니라 허망의 침묵이라 생각한다.

"뭘 생각 하느냐?"

아주머니는 어머니를 부둥켜 세우며 한마디 던진다.

"몸은 애간이 무거워야지"

물론 기윤이도 어머니를 들기 힘든 것이다. 목욕을 하고 나니 스르르 어머니는 잠을 몰고 온다.

한밤중 무슨 소리가 들렸다. 잠자는 줄 알았던 어머니는 눈을 뜨고 창문을 쳐다보며

"누시오 이야, 누시오 이야"

"왜 그래"

"누구 왔어"

"오긴 누가와 빨리 자"

하루 저녁에 2-3번은 일어나야 하니 밤중에 한번은 기저귀를 갈아

채우고 나면 다시 잠든다. 손자 손녀들은 할머니 곁에 오질 않는다.

"어머니 일어났어?"

"예"

"그래 조금만 기다려 금방 갔다 올게"

잠깐 어머니 곁을 비운 사이에 어머니는 방바닥 누워서 볼일을 다 보아

온 방바닥이 똥 범벅이다. 방에 들어 갈 수가 없었다. 냄새가 온 집안을 뒤 덮었다. 그러한 매화타령을 여태 본적이 없는 기운이었다.

"오매 난 몰라"

"이것 어떻게 해 냄새는 냄새고"

덩어리는 이리저리 굴러다니고 어쩔 줄 몰라 했다. 샤워하고 청소하고 휠체어 앉혀 놓고 서야 한숨을 쉬면서

"어머니 이렇게 나를 힘들게 하면 나는 어떻게 하라고."

휠체어에서 넘어질까 봐 잡아 묶고는

"어머니 가만히 있어 밥 가지고 올게"

"예"

어머니는 언제 무슨 일이 있었는지 금방 잊고 나서

"어머니 정말 내가 누구인지 몰라"

"몰라라"

"어머니 내가 미웠더라도 제발 용서해 줘. 난 너무 힘들어 죽겠어."

그러나 어머니는 아무것도 모른다. 인생에서의 종말이 출생 일처럼 예정되지 않은 것은 신의 마지막 축복이런가.

예수의 최후만찬이 예정된 최후였을까? 그건 알 수 없지만 아마 그 또한 예정된 최후임을 인식한 만찬이었다면 결코 그건 만찬이 아니었으리라. 그런데 왜소한 인간에 있어서야 그것도 예정이 아닌 확정된 종말이라면….

아무것도 모르는 어머니 앞에 자식도 모르는 어머니 앞에 치매는 정말 어려운 것이다

"나 좀 주세요"

기윤이는 언제든지 어머니 먼저 먹이고 다음 가족과 밥을 먹는다. 그런데 꼭 어머니는 자기 좀 달라고 한다.

"알았어"

기윤이는 이런 일이 한두 번이 아니라 별 신경을 쓰지 않는다. 달라는 대로 주다 보면 다음 기저귀 채우는 게 너무 힘들다. 자주 대변을 보니까.

한번 어머니 대변을 보면 온 집안이 매화타령이다. 어머니가 대변을 보면 온 식구들은 코를 잡고 밖으로 나가버린다.

오늘도 잠을 못 이루고 있는 기윤이는 정신적으로 신경이 쇠약해져 있다. 이런 저런 얘기하고 아버지 얘기도 해준다. 그러나 어머니는 고생했던 추억도 괴로웠던 기억도 남편이 어떤지도 모른다. 그 모든 것이 다 치매 속의 어린 애가 되어 버렸기 때문이다.

깊은 밤 창밖에는 옆집에서 들려오는 간간이 웃음 섞인 이야기 소리만이 들려올뿐 고요하다.

어느덧 어머니는 잠이 들었다. 윤이는 가만히 귀를 대어 어머니 숨소리를 들어보았다.

잠자는 숨소리나마 귓속에 담아두고 윤이는 눈을 붙일까 하였다.

그래 역시 자는구나 싶어 잠자리에 들려는데 마치 기다렸다는 듯,

"아잡씨"

"허어 여태 잠 안자고 있었어"

"예 잘 자"

이불을 잘 덮어주고

"잘 자"

하고 돌아왔다. 그때 시간 새벽1시였다. 윤이는 내일아침 어머니 먹을 것을 준비해 두고 잠자던 시간이 어머니와 마지막 작별의 시간이었다니… 그걸 누가 그걸 믿겠는가?

허무하고 원망스러운 것. 두고 가는 사랑하는 자식을 두고 이 세상이 아닌 저 세상으로 가는 심정은 어땠을까? 짧은 생을 살면서 온갖 고통과 마지막에는 괴로운 치매까지 걸려야 하는가? 언제나 누구든지 한번은 겪어야 하는데 그 고통은 아무래도 믿기지 않는 일이다. 그러나 어머니는 그래도 행복했다고 윤이는 말한다. 자식의 품에 안기어 마지막까지 사셨으니까.

엊그제 타국 땅에 들어와 여장을 풀고 답답하고 어려운 이민생활에 깡통주어 모아 용돈 쓰고 담뱃값 아끼어 손자손녀 용돈 주고 하시던 그건 이제 다시는 없는 것. 나는 다시 한편의 시처럼 어머니를 만날 수 있으려나 빌어본다.

먼 훗날에

그땐 당신을 찾으면 당신은 잊었노라고 하시렵니까?

그땐 당신을 찾으면 기억이 없어서 잊었노라고 하시렵니까?

만약 당신 곁으로 가면 오지 말라 잊었노라며

무척 기다리다 잊었노라고 하시렵니까?

그래도 당신의 자식이라고 찾으면 믿기지 않아서 잊었노라고 하시렵니까?

이렇게 떠나 버린 게 아쉽기만 하지만

더 붙잡지 못하고 미리 보낸 것

당신들은 우리를 믿고 있는 걸로 알고 있겠습니다

두 분의 부모가 좋았소

그리고 당신의 자식들은 행복했던 사람이오

믿음직스러웠던 당신들께서는 자식을 위해 그날까지 정말 다 하셨어

당신들의 그 마음 진심으로 감사하오

부디 편안하게 가시옵소서

혹시나 두 분께서 사람 냄새를 그리워할까 염려가 되오

먼 훗날 저승이나 다음 생이 있다면 당신들을 또 만나게 되겠지요

아무래도 미덥지 않소만...

정말 당신들이 있었기에 자식들은 행복한 걸

행복을 모르고

살아왔소

정말 행복했소

정말 행복했소

(2000년 9월 2일(음 8/5) 아침 10시)

아버지와 어머니에 대한 그리움으로 지난 과거 그 상황을 사실 그대로 거짓 없이 써보았다.

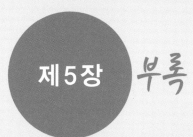

제 5 장 부록

재미로 보는 운명과 사주궁합
Telling marital compatibility and fortune for fun

1 재미로 보는 **운명**과 **사주궁합**

Telling marital compatibility and fortune for fun

　　인생은 누구나 봄 여름 가을 겨울이라는 세월이 있다. 어린 시절 청년시절 중년시절 노년시절이 있는 것처럼 지금 내가 어렵다 하여 인생이 끝난 것처럼 절망할 필요는 없다. 어려움이 있으면 좋은 날은 오게 마련이다. 여기에 소개하는 옛사람들의 사주궁합은 참고 삼아 재미로 보았으면 하는 바람이다. 지금 시대는 과학이 발달하여 맞지 않는다고 생각할지 모르나 이러한 것들은 옛사람들이 우여곡절의 일상을 살아가면서 때로는 운명에 순응하며 자신의 미래를 밝게 보려고 애쓴 흔적이라고 할 수 있다. 운명, 사주, 궁합과 자기의 성격, 재능, 직업 습관을 겸하여 보는 게 정확하다고 볼 수 있으나 재미로 한번쯤 관심을 갖는 것도 나쁘지 않을 것이다.

1) 지문(Fingerprint)

사람의 지문은 모두 개인마다 똑같은 것이 없고 다르다. 그러기 때문에 범죄자를 잡는 수사상에 없어서는 없어서는 안 되며 세계 어느 나라에서든 지문을 중요시 하고 있다. 사람의 지문에는 성격과 운명, 건강 등이 나타나 있어 누구나 쉽게 구별할 수 있다. 지문의 모양은 수없이 많으나 간단하게 두 가지로 나누어 음과 양으로 구분하는데 지문모양이 흘러버린 모양의 형태지문은 "류문" 이라 하고 둥근 원형의 모양을 그리는 지문은 "원문" 이라고 한다.

음과 양의 조화를 찾아 미래의 운명을 간략하게 34가지 종류로 설명하여 본다. 지문을 볼 때 30세 이전의 사람은 왼손을 보며 30세 이상인 경우엔 오른손을 보면 된다.

(1) 지문의 모양

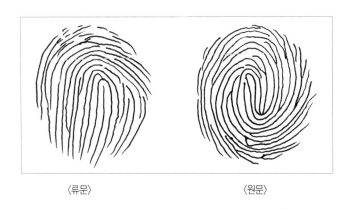

〈류문〉　　　　　　　〈원문〉

(2) 지문의 형태에 따라 다른 운명 (지문은 다섯 손가락을 다 보며 34가지가 있다)

1. 류 류 류 류 류 – 모든 일에 실험적이고 경험을 중시하는 기질이며 요령을 잘 포착하며 성격은 급하고 솔직하며 정의와 신념이 강하다. 그러나 의지력과 진력 결단력이 약하다. 널리 인간을 구제하는 덕이 있으며 수명이 길고 복록이 무궁할 것이다. (좌우가 다 흘러 버린 지문이라면 양친부모를 사별할 운명. 위장, 심장 주의)

2. 원 원 원 원 원 – 인격을 존중하고 신념이 매우 강하여 밀어붙이는 기세가 있으며 이론적, 철학적, 신앙적이며 매사에 세밀하지 못하나 정직하고 솔직하다. 타인의 잘못에 용서해주기 어려운 강한 성격을 가지고 있다. 또한 투기적이고 모험심이 강하며 외면상으로는 길상이나 내면적으로는 우환으로 근심과 걱정과 질병이 따르고 활동하면 성공한다.

3. 원 원 원 원 류 – 적극성이고 활동적이며 능변 곧 막히는데 없이 말을 술술 잘하며 말솜씨가 매우 능하다. 급한 성격에 한번 결정하면 용맹 과감하고 열성적인데 단 인내력과 결단이 약하고 매우 조급하며 폭발적이다. 성공은 많으나 기초가 든든하지 못하며 경솔한 처사로 일을 처리 하기 쉽다. 꾸준한 인내와 노력으로 열심히 노력하면 성공률이 많으며 변호사, 경찰직에 합당하다.

4. 원 원 원 류 원 – 허영이 많고 책임감이 약하며 남의 간섭을 싫어하며 이상과 상상력이 발달하여 이상에서 인생을 즐기려는 욕망과 상상이상의 세계를 좋아하니 생활이 불안하다. 성격상 포부가 지나쳐서 허황된 꿈을 세우고 자기 멋대

로 하는 관계로 상사에 미움을 잘 받으며 학자, 법관직이 적합하며 건강에는 뇌병에 주의하라.

5. 원 원 류 원 원 – 의지가 굳고 지성이 발달하여 감정이 풍부하고 성격이 원만하며 문학, 역사, 미학에 천성적으로 관심이 있으며 포용력과 애교가 풍부하다. 특히 지능이 뛰어나 크게 성공할 확률이 높고 재능과 도량, 기량이 큰사람이다. 대업을 완수해서 여러 사람의 신뢰와 덕망을 나날이 새롭게 받아 많은 사람을 영도하는 지도자 위치에 적합하며 열성병이나 눈병에 주의하여야 한다.

6. 류 원 원 류 류 류 – 과감하고 용기 있게 결단을 내리는 활동적이며 현실적이다. 요령이 좋고 급한 일에도 기회를 포착하면 놓지 않고 과감하게 용단을 내려 뜻을 이룬다. 특히 통솔력이 능하고 말이 적으며 태양이 동쪽하늘에 빛나게 솟아오르니 지나간 어둠과 고난은 점차 사라지고 행운의 기회를 잡게 된다. 정치나 군인이 적합하며 때로는 독극물에 주의하라.

7. 류 류 원 류 류 – 타고난 재질과 기능 기술이 능하고 재주와 슬기로운 꾀가 뛰어나 담력이 크며 모든 일에 충실하고 덕망이 크며 애착과 이해로 전진하는 본성이 있어 노력하면 대업을 이룰 사람이다. 공장이나 사업방면에 진출하여 연구 노력하면 성공률이 높다. 공기업 기능을 떠나면 실패하기 쉬우며 환경과 신분을 낮추어 소질을 살려 노력하면 행운이 따른다.

8. 류 원 원 류 류 – 중심이 튼튼하고 덕망이 높고 매우 인정적 이어서 많은

사람에게 은덕을 베푸는 성격이다. 한번 시작한 일은 변경하지 않고 끝까지 집착하는 성품 때문에 뜻밖에 당하는 불행한 일이 있으며 청년시절에는 불행한 일이 많다. 그러나 모든 고초와 불운은 중년 후부터 노력하면 점차 사라지고 난관이 극복된다. 초년에는 불길한 일이 많다.

9. 류 류 류 원 류 – 총명하고 연구력이 강하지만 교만한 경향이 있다. 그러나 한번 믿으면 깊이 믿는 성품이며 일에 적극적인 편이다. 창의력과 발명적인 소질이 있어 크게 성공한다. 사물에 대하여 깊이 생각하여 일을 처리 하거나 밝히기 때문에 독립하여 당당하게 걸어가는 운이고 외부적으로 훌륭해 보이지만 경제적으로는 곤란을 겪는다. 독립심과 교만에 주의하면 성공률이 높다.

10. 류 원 류 원 류 – 총명하고 그때 그때의 형편에 따라 일 처리를 잘하며 승부에도 천성적이며 인정과 애착이 있으나 주색에 빠지기 쉽다. 일을 속히 처리하지 못하고 뒤로 미루며 소극적이고 추진력이 부족하며 마음과 뜻은 있으나 이루어지지 않으며 매사에 머리만 있고 꼬리가 없으니 재앙과 고난이 많다. 신앙에 들어가 종교인이나 학자로 노력하면 성공률이 높다.

11. 원 원 류 류 류 – 총명하고 재주가 있고 꾀가 많다. 말을 잘하는 재주로 안전을 기하고 배움도 풍부하며 어려운 궁지에 처해도 능히 처리하는 성격이다. 산보다 넓은 바다를 좋아하고 권세를 택하여 큰 뜻을 이룬다. 사물에 밝고 계획에 치밀하니 큰 공을 세워서 입신양명하며 특히 지도자적인 인격을 두루 갖추고 있는 편이다.

12. 류 류 류 원 원 – 박력과 모험심이 없이 평범 그대로이며 문예나 기술방면에 특이한 소질이 약간 있다. 오랜 습관을 중히 여기며 개척하는 힘이 크다. 신앙으로 만인의 존경 받는 성품이 되며 운이 평탄하여 대체로 여유로운 생활을 누리며 직업은 교육자 방면으로 나가 노력하면 좋은 운명이 따른다. 여자에게 좋은 운이다.

13. 원 류 원 류 류 – 보통 생각하기 어려운 재주와 그때 그때의 형편에 따라 알맞게 일을 잘 처리하며 일시적인 성과를 거둔다. 그러나 수입보다 지출이 많아 어려움을 면치 못하며 부드러운 성격 때문에 성공이 느리다. 마음을 단련하여 품성, 지혜, 믿음을 가져라. 마음을 닦고 꾸준한 노력으로 어려운 시기를 풀어나가면 성공도 어렵지 않다. 그러나 성공했다고 경거망동하면 어려운 궁지에 처한다. 그러니 정신수양이 필요하다.

14. 류 원 류 류 원 – 특유한 재질이 있고 끊임없이 노력하는 형이며 성취력이 뚜렷하다. 결백하고 검약적이며 한번 감정을 해치면 용납하지 않는 고집과 성격이며 끝맺음이 좀 약하다. 하는 일을 중단 해서는 안 되며 인내력이 필요하다. 사물에 대한 궁리가 밝고 연구심이 강하여 창의력에 발명적인 소질이 겸하여 대성을 기약한다. 법관, 의사 등을 택하면 성공하기 좋은 운이다.

15. 류 류 원 원 류 – 포부는 원대하나 그 포부를 이룰 능력이 부족하다. 사업은 이루기 어려우나 운세의 혜택을 받고 있으므로 순조로운 생애를 누린다. 그럴수록 주색을 조심하는 것이 좋다. 남자는 혈압에 주의하고 여자는 혈관계 질환

을 조심해야 한다.

16. 원 류 원 류 류 − 무턱대고 나가는 반면 투기나 위험을 무릅쓰는 일을하길 좋아하고 지혜로워 세상 물정에 밝다. 그리고 남녀 모두 여색을 좋아하고 넓은 마음에 정열이 강하고, 때로는 과격하고 지나쳐서 실패를 초래하는 수가 많으니 안전하게 일을 해낼 수 있도록 하는 것이 좋다.

17. 류 원 원 원 류 − 성격이 강하고 용맹스러우며 반항심이 강하다. 고립적인 성격에 독립심이 강하나 동화력이 부족하여 여러 사람의 마음을 서로 화합 못하고 여자는 남성적이어서 너그럽거나 화평하게 지내는 맛이 부족하다. 기초가 튼튼하고 미더우며 확실하나 성공 발전하면 곧 마음을 놓아 버리는 버릇이 있다. 가끔 터무니없는 소리를 하여 허황되어 실패하거나 지나친 욕망과 욕심으로 분수에 넘치는 일을 하다가 실패 하는 일이 많다.

18. 원 원 원 류 류 − 활발하고 박력이 있어 계획 관리에 능하고 새로운 일을 잘 만든다. 그러나 성격상 반항심이 강하여 대인관계는 큰 차질을 빚기 쉽다. 생활환경에 변화가 심하며 지나치게 독단성을 부리면 고립되기 쉬우므로 윗사람이나 주변사람의 조언을 잘 받아들이면 대업을 무난히 성취할 것이다.

19. 류 원 류 원 원 − 지능적이고 활동성은 강하나 때로는 소극적이다. 건전해 보이면서도 변심의 차가 심하여 중도에 장애와 이변이 생겨 좌절과 실패도 따를 수 있으니 노력과 인내가 필요하다. 운세가 약하므로 나날이 새롭게 큰 변화가

있는 직업을 택해 착실한 계획과 열정을 쏟으면 일시적인 난관은 있어도 능히 장애를 물리치고 성공할 확률이 높다.

20. 원 원 류 원 류 – 지혜와 재질이 있고 총명하다. 혹 빈천한 가정에서 출생하였더라도 신념과 굳은 의지와 노력으로 일을 적절하게 잘 처리 하는 능력을 키우면 큰 성공을 거둘 수 있다. 어려움과 고통이 따를 때에는 윗사람의 도움과 신망으로 대업을 성취하고 가정을 부흥시킬 운세이며 재물 운이 따르는 운이다.

21. 원 원 류 류 원 – 총명함이 부족하고 슬기로운 꾀와 계획성이 없다. 세상 물정에 밝지 못하고 진취성이 없다. 신용을 잃지 말고 기초를 건실히 닦아 여러 사람의 화합에 노력하면 평온할 것이다. 사업이나 상인은 실패가 많으며 남을 위하여 노력하는 직업을 가지면 많은 이득을 보면서 생활이 윤택하여 재물과 자손이 번성할 것이다.

22. 류 원 원 류 원 – 지능이 발달하고 추진력이 매우 강하며 특수하고 건전한 정신적 진취로 대성할 수 있는 운세이다. 대중을 지배하고 통솔력이 강한 성격에 지능지수가 높으며 지능과 재능이 너무 높지만 지나쳐서 때로는 실패하는 경향이 있다. 기능직으로 연구 노력하면 좋으며 정치에도 노력하면 뜻을 이룬다.

23. 류 류 원 원 원 – 계획성이 없고 마음이 항상 불안정하다. 밀고 나가고 때로는 물러서는 면에서 과감하지 못하며 망상에 헤매는 성격이다. 이런 사람일수

록 매사에 인내와 노력으로 새로움을 창조하면 성공한다. 앞일을 멀리 내다 볼 줄 아는 선견지명으로 기회를 포착하여 행동하면서 종교 또는 영적인 세계와 정신세계에 종사하는 것이 좋다.

24. 원 류 원 원 류 – 뜻은 원대하나 일을 해낼 수 있는 능력이 부족하며 실력과 인내력 또한 부족하다. 큰 사업은 이루기 어려우나 운세의 혜택을 받고 있으므로 생활은 순조롭게 풀려나간다. 학자나 승려 등과 같이 야심을 떠난 직업이 적당하며 물질에 눈을 뜨면 불행할 수도 있다.

25. 원 류 원 원 류 – 자신이 타고난 재능을 발휘하여 노력하면 전도가 양양하게 된다. 단 투쟁적인 급격한 성격을 억제하는 수양이 필요할 것이다. 노력과 인내가 다소 부족한 편이며 청년시절에는 고난이 많다. 자기의 결점을 알고 매사 분수에 맞는 한도 내에서 행하고 성실한 믿음을 가져라.

26. 원 류 류 류 원 – 과감한 용단으로 활동적이며 현실적이다. 또한 야심가이지만 불평이 매우 심해 매사에 순조롭지 못해 노력만하고 공로가 없는 편이다. 야심을 버려야만 성공한다. 포부가 높고 아량이 넓으나 실천력이 부족하고 망상을 잘한다. 무리한 야심을 버리고 성실하게 노력하면 중도에 변동 없이 성공한다.

27. 류 류 원 류 원 – 임의적인 자기의 성격과 정처 없이 떠도는 갈팡질팡하는 마음이 강하며 모든 생각과 방향이 불안정하다. 급변하는 재앙으로 고난과 어려움이 많다. 성격이 낭만적이고 낭비력이 심하며 운세가 약하므로 도중에 장애와

이변이 심하다. 이러한 사람은 주색을 삼가하여 노력하면 성공한다.

28. 류 원 원 원 원 - 감정이 예민하고 재능이 특출하며 윗사람에 순종을 잘 하나 때로는 변심하기 쉬워 행복에 변화가 심하다. 재주를 가지고도 성공이 늦으니 목표를 잘 세워 노력해야만 좋은 길이 열린다. 많은 사람들로부터 신망과 협조를 얻어 난관을 극복할 수 있으니 어려울수록 희망을 가져라. 윗사람에게 순종한 사람은 출세하나 자기의 재주를 부리면 실패하기 쉽다.

29. 원 류 원 원 원 - 자부심이 강하고 완고한 반면 너그러운 마음과 깊은 생각과 아량이 좁아 남달리 화목을 지키기 어렵다. 이익에 집중하지 말고 항상 남의 의견에 귀를 기울여라. 강한 자존심을 버리면 성공률이 높다. 처음은 순조롭게 성공해서 목적을 달성한다. 그러나 매사에 너무 이기적인 면이 있어 불안정하기 때문에 권력과 도전적인 욕심을 버리면 성공한다.

30. 류 류 류 류 원 - 솔직하고 정직하나 고집이 좀 세다. 윗사람에게 굽히기 싫어하고 비판적인 기질이 있으니 항시 언행을 주의하고 공손하지 않으면 뜻밖의 불상사가 생긴다. 정직하게 밀고 나가는 추진력이 강하나 세심한 인내력이 부족하다.

31. 원 류 류 류 류 - 중심이 굳세지 못하나 문학, 예술적 기질이 많다. 맛이나 빛깔 따위에 민감하며 용모가 아름답기 때문에 색정에 빠지기 쉽다. 목표를 세워 성실히 노력, 정진하는 게 좋다. 매사에 너무 급하게 서둘면 실패를 초래하기 쉬우니 매사에 심혈을 기울여 서로 의견을 존중하면서 깊은 신앙심을 가져라.

32. 류 류 류 원 원 - 너그러운 마음을 가졌으며 생각이 깊고 덕망이 높다. 그러나 너무 이익만 급급하니 도리어 재난을 당하기 쉽고 오만해지면 불의의 변을 당하게 된다. 특히 낭만적인 성격에 말려들기 쉽다. 부귀영화를 노리나 색정에 빠져 명예를 손상시킬 우려가 있으며 원한 되는 일을 삼가고 매사에 성실하라.

33. 원 류 류 원 원 - 총명하고 급한 성격에 독립성이 매우 강하며 지혜와 재질이 있어 많은 사람의 존경을 받는다. 때로는 인정에 치우쳐 실패할 수 있다. 인내가 필요하며 항상 어려움과 고통 속에서 윗사람의 도움과 믿음을 얻어 노력하면 대업을 성취하고 크게 성공한다.

34. 류 류 원 류 류 - 재질 있고 총명하나 계획성이 약하고 약간 낭만적이며 낭비가 심하다. 경솔하지 않도록 노력하며 한 가지 일에 뜻을 두고 정진하면 성공할 운세이다. 정직하게 갈고 닦아 튼튼한 기초를 세워 밀고 나가면 변동 없이 성공한다. 그 반면에 주색은 삼가야 한다.

2) 재미있는 이름 풀이 (Interesting name interpreting)

이름 짓는 법을 알아두면 재미있다. 현실에 맞는 상식적인 것만 38가지를 골라 성격과 운명을 설명하여 기록하였으니 한번 재미 삼아 보는 것도 흥미로울 것이다. 한문과 한글을 보는데 한문글씨의 획수 오행과 한글이름의 처음 시작하는 음으로 찾는다.

음오행(한글 첫 획수)　　　오행수리(한문 획수)

金 - ㅅ, ㅈ, ㅊ,　　　　金 - 7, 8,

木 - ㄱ, ㅋ,　　　　　　木 - 1, 2,

水 - ㅁ, ㅂ, ㅍ,　　　　水 - 9, 10,

火 - ㄴ, ㄷ, ㄹ, ㅌ,　　火 - 3, 4,

土 - ㅇ, ㅎ,　　　　　　土 - 5, 6,

오행은 金 木 水 火 土 이다.

예문으로 이 상 륜 - 李 尚 倫을 본다면,

음 오행 :　이 - ㅇ 난에 오행은 土

　　　　　　상 - ㅅ 간에 오행은 金

　　　　　　륜 - ㄹ 난에 오행은 火

오행수리 :　金 - 8 획수에 오행은 金

　　　　　　朌 - 8 획수에 오행은 金

　　　　　　泫 - 9 획수에 오행은 水

획수가 10획 이상 15획이면 10을 제거하고 단수만 사용한다.

다음과 같이 오행(金 木 水 火 土) 위쪽으로 오르는 상행이 나오면 좋은 이름이다.

(1) 오행설에 맞추어 풀이 (five elements according to explain)

1. 火 木 木 : 인내심과 노력이 강한 성격이며 기초가 튼튼하여 항상 발전하고 성공이 빨라 쉽게 뜻을 이룬다.

2. 火 木 火 : 정열이 강하고 배짱이 좋은 성품이며 자기 한 몸에 관한 일에 변화가 많다. 침착하고 계획이 필요한 직업을 택하면 성공하고 정신수양이 필요하다.

3. 火 木 土 : 그때그때 형편에 따라 알맞게 일을 잘 처리하는 기술이 능하고 청결한 성품이며 요령이 좋아 통솔에도 능하여 성공운이 순조로우나 야심을 삼가야 한다.

4. 火 火 木 : 친절하고 믿음이 강하다. 정열이 있고 문학에 취미가 풍만하다. 남달리 운이 왕성하여 성공이 순조롭고 장수한다.

5. 火 金 金 : 성격이 온순하고 후덕하며 윗사람의 도움을 입어 성공하고 기반을 착실히 닦는다.

6. 火 土 土 : 모나지 않고 두루 너그럽고 성실하며 부지런하다. 성공운이 평

탄하여 큰 변화가 없다. 인내심이 강하여 만사에 적합하다.

7. 火 土 金 : 두루 너그럽고 성실하며 부지런하다. 부모의 도움으로 성공하나 한때 곤경에 빠질 수 있으므로 참고 노력하라.

8. 水 木 木 : 대중을 지배하고 이끄는 능력이 탁월하고 재능이 뛰어나 대성할 수 있다. 기술방면에 노력하면 성공하기 쉽다.

9. 水 木 火 : 눈치가 빠르고 감수성이 예민하며 권모술수 곧 그때그때 형편에 따라 잘 처리하는 것에 능하다. 군인, 정치학자 등에 적합하다.

10. 水 木 土 : 조용하고 부드럽고 공손하며 신앙심이 강하다. 기초가 튼튼하여 한번 성공하면 무너지지 않는다. 가정생활에 원만하다.

11. 水 木 水 : 재능이 특수하고 대중을 지배하는 통솔력이 강하다. 초년은 변동과 실패가 많으나 노력으로 말년에 대성공을 이룬다.

12. 水 金 土 : 총명하고 능변적인 인격자다. 모든 일에 발전이 순조로우며 목적을 달성하여 명성을 떨친다.

13. 水 金 金 : 말솜씨가 능란하며 재질이 풍부하다. 노력하는 사람이며 결백하고 검약적이며 감정을 손상 당하면 용납하지 않는 고집이 있다.

14. 水 金 水 : 조용하고 부드럽고 겸손하며 검소한 성격이다. 모든 일이 뜻대로 잘되어 안정을 누리는 운세이고 초년에는 고독하나 말년에는 성공한다. 그러나 야심이 지나치면 손해를 입는다.

15. 水 水 木 : 꿈과 포부가 지나치게 큰 성격이며 배짱 좋은 성격은 물론 반항심이 강하며 분수에 넘치는 일이 많다. 믿음이 있으면 좋다.

16. 水 水 金 : 거만하고 자부심이 강한 성격이다. 기초가 튼튼하여 성공, 발전하여 명예를 얻어 이름이 사방에 떨친다.

17. 木 木 木 : 총명하고 인내심이 있으며 착실한 성품이다. 정직하고 솔직한 평형감각이 있다. 인격을 존중하고 신념 또한 강하다.

18. 木 木 火 : 감수성에 예민하고 총명한 성격이며 믿음과 기초가 튼튼해서 목적을 쉽게 달성한다. 성공은 항상 순조롭다.

19. 木 木 土 : 말솜씨가 능숙하고 사교성이 좋아 타인을 감동시키는 힘이 크다.

20. 木 木 水 : 열성적이고 이해력이 크며 감수성이 예민하다. 온건 착실한 노력가이며 남달리 판단력이 좋은 성품으로 사업을 하면 대성한다.

21. 木 火 木 : 연구심이 강한 노력가이며 친절하고 믿음에 따라 활동하면 성

공한다. 신념과 독립심이 강한 사람이다.

22. 木 火 土 : 착하고 어질고 온순하고 정열적인 성격이다. 부모의 재산 덕에 귀염을 받아 순조롭게 성공하며 건강한 체질로 장수한다.

23. 木 水 木 : 윗사람을 공경하고 성실한 성격이며 온순하다. 착실히 노력하면 순조롭게 성공한다.

24. 木 水 金 : 착하고 재질이 있는 성격이며 쉽게 성공 발전하나 방심하면 실패할 수 있다.

25. 金 土 火 : 재질이 있고 결백한 성격이다. 모든 기반이 견고하여 생각지 않은 성공으로 부귀와 명예를 얻는다. 기술 방면으로 성공한다.

26. 金 土 土 : 과격한 성격과 독립성이 강하고 남에게 뒤지기 싫어한데 노력으로 성공한다.

27. 金 土 金 : 모나지 않고 두루 너그러운 원만한 성격이며 명예를 존중한다. 무슨 일이든 순조롭게 성공하고 집안이 기운이 차게 일어나거나 대단히 번성하며 명예와 복록이 충만하다.

28. 金 金 土 : 과격한 성격이며 판단력이 빠르다. 순조롭게 성공하여 목적을

달성하고 심신이 건전하다. 불만이 있을 땐 투쟁성이 강하다.

29 金 水 木 : 요령이 있고 부드럽고 무던한 재능의 성격이다. 급할 때에도 놓치지 않고 재능과 끈기로 돌진하며 친화성도 강하다.

30. 金 水 金 : 명랑하고 사교성에 능한 성격이며 대중을 지배하고 통솔력 뛰어나며 의외로 성공이 빠르다. 기술, 조각에 노력하면 대성이다.

31. 金 水 水 : 솔직 쾌활하고 명랑한 성격자로 재질이 있고 끊임없이 노력한다. 그러나 방랑적인 성격도 있다. 그때그때 형편을 따라 잘 처리 하는 기술이 좋아 정치나 외교관이 적합하다.

32. 土 木 土 : 적극성 있고 활동적인 성격자이며 기초가 튼튼하여 목적달성을 쉽게 이룬다. 명예와 재산을 얻어 대성한다. 사업가나 지도자에 적합하다.

33. 土 火 木 : 정열적이고 활동적인 성격이며 독립심이 강하지만 기복이 심하다. 모든 일에 정직 솔직한 편이다.

33. 土 火 火 : 명랑하면서 믿음이 깊다. 쉽게 성공하여 뜻을 이루지만 급한 성격에 경솔한 면이 있으니 주의하라.

34. 土 火 土 : 적극적이고 친절한 노력형이며 기초가 튼튼하고 결실하여 목

적을 순조롭게 달성한다. 투쟁성과 판단력이 좋아 정치 쪽이 적합하다.

35, 土 土 火 : 정직하고 인내와 끈기가 매력이다. 성공은 좀 늦으나 명예와 부귀를 얻어 대성한다.

36. 土 土 土 : 의지가 굳고 결실이 강하며 의리가 강한 것은 물론 남에 의지 않고 독립심이 강하다. 어지간한 장애도 능히 돌파 성공한다.

37. 土 金 土 : 무던하고 부드럽고 화평하고 부하를 사랑한다. 상하의 도움을 받아 기초를 튼튼히 세우니 심신이 편안하고 가정생활이 원만하다.

38. 土 金 金 : 정직하면서 강한 성격자이다. 성공운이 순조로워 여러 사람과 화합에 힘쓰면 크게 성공한다. 통찰력이 있어 문학, 역사, 미학 등에 소질이 있다.

(2) 이름 짓기와 설명 (Naming and description)
가. 이름 짓기란 ?

이름 짓는 법을 알아본다. 아주 상식적인 것을 소개해보고자 한다. 과거에는 이름 짓는 법이 까다로웠으나 오늘날은 부르기 쉽고 뜻이 고운 우리말 이름도 많이 늘고 있다. 따라서 주로 한자 이름이던 시대와는 이름에 대한 생각도 많이 바뀌었다. 여기 제시하는 것은 어디까지만 재미 삼아 보길 바란다. 이름에 따라서는 사주팔자에 맞추어 수리 음 오행 음양, 오행수리 불용문자 등의 조화를 이루도록 작명하는 것이 공식화 되어 있다.

성, 이름 세자 모두가 순음, 순양이면 흉하게 되며 음과 양이 어울려 골고루 들어가야 잘 지은 이름이라 하겠다.

양은 － 1, 3, 5, 7, 9, (홀수)

음은 － 2, 4, 6, 8, 10, (짝수)

성명 수리 해설 조견표에 예를 들어,

김 현 승 － 金 泫 昇 이라면

1, 초년에는 이름만 곧 현 승 － 泫 9 ＋ 昇 8 ＝ 17 획

1, 청년에는 성과 마지막 이름 곧 김 승 － 金 8 ＋ 昇 8 ＝ 16 획

1, 장년에는 과 가운데 이름 곧 김 현 － 金 8 ＋ 泫 9 ＝ 17 획

1, 노년에는 이름 모두 곧 김 현 승 － 金 8 ＋ 泫 9 ＋ 昇 8 ＝25 획

나. 획수에 의한 설명

1 획 : 과감한 창의력의 노력가라 할 수 있고 기초가 매우 튼튼하여 새롭고 큰 업적을 이루어 이름을 널리 떨친다.

3 획 : 총명하고 인격이 원만하다. 매사에 순조로우니 발전, 성공하여 큰뜻을 이루어 대성한다.

5 획 : 인자하니 덕망 있고 예의 바르다. 성공운이 빨라 일찍 출세하여 재물 권세를 온전히 갖춘 행운아.

6 획 : 의지가 좀 약하나 기초가 튼튼하다. 부모재산의 도움으로 튼튼한 기초를 이뤄 사업을 크게 번영해 나간다.

7 획 : 강한 성격에 용맹스런 독립형이다. 용맹스런 성격에 밀고 나가는 추진력이 강하므로 목적달성을 곧 이룬다.

8 획 : 의지가 굳고 인내심이 강하다. 굳은 의지로 모든 장애를 극복하고 대업을 완수하여 성공한다. 신앙심과 문학에 강한 소질.

11 획 : 온건 확실하고 의지가 견고하며 아버지의 좋은 조건을 갖고 모든 일이 순조로워 성공 발전한다. 초목이 봄에 단비를 만난 대길함이다.

13 획 : 총명하고 재능과 예능에 특유하며 재능과 학식이 풍부하여 어려움에 처해도 능히 처리한다. 지도자나 문학 방면에서 대길하다.

15 획 : 온화하고 혜량이 넓은 덕망을 가졌으며 윗사람의 도움을 얻어 신임을 얻고 대성하여 만인을 지도하는 운이다.

16 획 : 지혜와 인내심이 강하며 감정이 풍부하여 윗사람의 믿음을 받아 대업을 성취하고 부귀영화를 누린다.

17 획 : 의지가 굳으며 자립심이 강하다. 약간 주색에 빠져 행실이 지저분하기

쉬우니 강한 의지로 노력하면 대성한다.

18 획 : 지능적이고 활동적이다. 일시적인 가난이 있어도 능히 장애를 물리치고 목적을 달성하며 굳은 노력으로 재물이 풍부하다.

21 획 : 감정과 의지가 굳은 성격으로 부귀공명을 얻으며, 만인의 신망을 한 몸에 받아 많은 사람을 영도하는 지도자에 적합

23 획 : 박력 있고 활발한 현실적인 성품이며 빈곤한 집안에서 태어났더라도 굳은 의지와 노력으로 점차 발전하여 성공하여 권세를 얻을 수 있다.

24 획 : 온순 정직하고 창의력이 있으며 자수성가하여 능히 뜻을 이루고 마침내 큰 업적을 이룬다. 참모적 기질이 있다.

25 획 : 부드럽고 조용한 말솜씨로 인간관계를 원만히 하며 사람을 다루는 능력이 뛰어나다.

26 획 : 영리하나 고집이 세고 자존심이 강하다. 크게 발전, 성공하여 일국을 호령할 지도자 격으로 영웅이 나온다.

29 획 : 포부가 크고 성품이 원만하며 마음껏 재주와 역량을 발휘하면 큰 뜻을 이루어 낼 수 있다.

31 획 : 의지가 굳으며 활기가 넘쳐 흐른다. 약간 어렵고 고생스러울 수 있으나 의지로 난관을 돌파하면 크게 대성한다. 많은 사람을 거느리는 덕망형이다.

32 획 : 이상과 상상력이 발달된 성품이며 마치 용이 연못에서 승천하는 것처럼 귀인의 도움으로 사업이 성공한다.

33 획 : 과감한 용단에 활동적이며 빛나는 태양이 하늘높이 솟아오르니 어둠과 고초는 점차 사라지고 마음껏 자신의 역량을 발휘한다.

35 획 : 평범한 성격으로 보수적이고 소극적이나 스스로 개척하는 힘이 크다. 문예나 기술방면에 적극 노력하라.

37 획 : 충실하고 자상한 독립정신형이다. 강하고 특이한 재능과 천부의 운세로 크게 대성한다. 어려울 때는 남의 충언을 잘 참고하라.

38 획 : 감수성이 예민하여 감정이나 본능에 치우치지 않고 깊은 지식으로 사물을 분별하고 이해하는 슬기를 갖추고 그에 따라 행동을 해야 한다. 남달리 노력하여 주어진 환경과 선천적으로 타고난 소질을 잘 살리면서 노력하면 성공하기 쉽다.

39 획 : 감정이나 본능에 치우치지 않고 깊은 지식으로 사물을 분별하고 이해하는 슬기를 갖추고 그에 따른 행동을 하는 편이며 추진력이 강하고 초년은 난관이 많으나 중년 이후부터 사업이 번창하여 부귀와 권세로 크게 성공하며 투기

성격이 있다.

41 획 : 충실하고 담력 높고 덕망이 있는 형이며 타고난 조건을 충분히 발휘하여 계속 노력하면 대업을 성취해서 권세와 명예를 떨친다.

45 획 : 의지가 견고하고 재능이 있으며 지혜로운 사람이고 어려운 일도 잘 견뎌내어 굳은한 의지로 천하를 움직인다.

47 획 : 지혜 있고 총명하며 용모에 단정하고 착한 성품으로 모든 일이 순조롭게 발전하여 재산이 풍부하고 이름이 사방에 떨치는 운이다.

48 획 : 기초가 튼튼한 덕망 있는 인품으로 재능과 기술이 능하여 생각하는 목적을 쉬지 않고 전진하여 끝내 성공한다.

51 획 : 약간 소극적이나 뜻밖에 강한 노력형이다. 평소에 겸손하고 은덕을 베풀어라. 비록 운이 불길하나 순조롭게 행하면 실패 없이 성공한다.

52 획 : 의지가 견고하며 총명한 성품이다. 무에서 유를 창조하니 평사원에서 부장으로 뛰어올라 성공한다. 미래를 멀리 내다 볼 줄 아는 인격자이다.

57 획 : 의지가 굳고 끈기와 인내도 강하다. 강한 인내력과 끈기 있는 노력으로 순조롭게 성공을 이뤄나간다. 고난 속에서도 투지와 인내로 성공한다.

58 획 : 총명한 재질이 있으나 약간 소극적이다. 초년은 약간 어려우나 말년부터는 크게 성공한다. 특히 믿음이 강하면 순조롭게 성공한다.

61 획 : 이기심이 강하며 오만 불순함이 있고 고집스러우나 선천적으로 뛰어난 길운을 누리고 크게 성공한다.

63 획 : 총명하고 창의력과 굳은 의지가 있고 산보다 바다를 좋아하고 권세와 부귀를 얻어 대망의 큰 뜻을 품는 운이다.

65 획 : 용모가 단정하고 품행이 바르다. 신앙심과 열정이 있어 문학적 취미가 풍부하다. 가정운도 좋고 오래오래 장수한다.

3) 궁합 보는 법(How to read marital compatibility)

궁합에는 12지(支)에 따른 겉 궁합과 오행에 따른 속 궁합이 있다. 예로부터 혼인성립에 필요한 절차의 하나로서 궁합을 보아 사주와 오행에 살이 있으면 불길하다 하여 결혼을 무산시키는 일이 있다. 그러나 궁합이 좋지않다하여 실망할 필요는 없다. 궁합을 하나의 재미로 생각하면 좋다. 예를 들어 돼지와 뱀은 상극이라 하지만 꼭 그렇지만은 않다. 서로가 처음처럼 초심으로 생각하면 별다른 일이 없다. 나의 경우도 아내와 내가 뱀띠와 돼지띠인데 30년을 아무 탈 없이 살고 있다.

남녀 궁합 보는 법은 비록 오행설에서 木은 土를, 土는 水를, 水는 火를, 火는

金을, 金은 木을 이기는 일을 이르는 말로 두 사람은 또 다른 사물이 서로 맞지 않거나 마주치면 서로가 충돌하는 상극이지만 노력하면 오히려 좋은 경우도 많다.

예를 들면,

남자가 壬子 生(임자 생)이면 桑左 木(상좌 목)이 되고

여자가 乙卯 生(을묘 생)이면 大溪 水(대계 수)가 되어 남자는 木이 되고 여자는 水가 되니 이걸 해석한다면 궁합이 좋고 나쁜 것을 알 수 있다.

남 木 여 水 (水生木)이면, 부부간에 금실이 지극하여 효도하는 자손이 많고 친척 간에 화목하고 복록이 가득하여 평화롭고 장수하며 매사에 안전을 기할 수 있는 좋은 궁합이라 할 수 있다.

띠를 본다면,

쥐띠(子) 1960, 72, 84, 96, 2008년 쥐띠는 평소에 절약하는 것과 모든 것을 신중하며 날카롭게 꿰뚫어 보는 영리함과 순간적인 재치가 있고 참아왔던 것들이 터지게 되면 앞뒤를 가리지 않고 모든 걸 의심을 하며 다음 이익을 얻기 위해 기회를 노리는 편이다. 쥐띠와 잘 맞는 띠는 용띠, 소띠, 원숭이띠이며 그중에 용띠와는 최고의 결혼 상대이며 일등을 같이하면 성공하기 쉽다. 반면에 쥐띠의 상극으로는 각자의 개성들이 부딪혀 큰 싸움을 하는 말띠를 꼽을 수 있다.

소띠(丑) 1961, 73, 85, 97, 2009년 소띠는 인내심이 강하여 묵묵하고 우직하며 맡은 일을 성실하게 끝마치며 정직한 마음으로 노력하는 편이다. 잘 맞는 띠로는 소의 우유부단한 성격을 채워주기에 쥐띠, 닭띠, 뱀띠이며 그와 반면에 소띠의

상극에는 서로가 뿔이 있어 만나면 싸울 수 밖에 없는 동물이기에 띠별 조합으로 좋지 않은 양띠라고 볼 수 있다.

호랑이띠(寅) 1962, 74, 86, 98, 2010년 호랑이띠는 성격이 용맹스럽고 자신감이 넘치며 감정의 기복이 심하여 고집쟁이로 볼 수 있으며 리더십이 뛰어나 앞으로 나아가려는 기질이 있다. 지난 일을 돌아보지 않기 때문에 그 점이 흠으로 작용하고 손해를 끼치는 일이 있으니 항상 신중 하는 게 좋다. 또한 호랑이띠에 맞는 띠는 서로가 관심사도 같고 생각하는 게 비슷하고 무난하게 조화를 이루는 돼지띠, 말띠, 개띠를 들 수 있으며 그와 반대인 상극으로는 원숭이띠라고 볼 수 있다.

토끼띠(卯) 1963, 75, 87, 99, 2011년 토끼띠는 순하고 밝은 성격으로 인기가 있고 내성적이고 조용한 생활을 선호한다. 사교적인 성격과 자신과 비슷한 성격과는 쉽게 친해지는 게 특징이며, 토끼띠와 잘 맞는 띠는 양띠, 돼지띠, 개띠를 들 수 있으며 돼지띠 하고는 성격상 파트너 사업상으로도 잘 맞으며 토끼띠와 개띠의 경우 이유 없이 서로가 끌리어 친한 친구나 부부관계에서도 쉽게 볼 수 있다. 그와 반면으로는 토끼띠의 상극으로는 닭띠라고 한다.

용띠(辰) 1964, 76, 88, 2000, 12년 용띠는 상상 속의 동물로서 주로 재산과 행운을 표하며 하늘로 승천하려는 성격을 빗대어 항상 이상을 추구하여 현실을 초월하는 성격이 있는 것이 특징이다. 용띠의 잘 맞는 띠로서는 닭띠, 쥐띠, 원숭이띠로 보면 된다. 그와 반면에는 상극을 볼 수 있는데 개띠와 용띠가 상극이다.

뱀띠(巳) 1965, 77, 89, 2001, 13년 뱀띠는 겉으로 차가운 성격과 냉정해 보이지만 내면은 여리고 정도 많은 성격으로 유모스러운 면과 싸움을 할 때는 꼭 필요한 싸움만 하며 단정한 용모와 대인관계에서는 사교성이 있고 초면에는 약간의 거리감을 둔다. 뱀띠에 잘 맞는 띠는 소띠와 닭띠를 멋진 띠 궁합이라 할 수 있고 그와 반면에 뱀띠와의 상극으로는 돼지띠라고 할 수 있다.

　　말띠(午) 1966, 78, 90, 2002, 14년 말띠는 성실하고 명석한 활동으로 사회생활에서 인기가 많고 이기적인 성격과 자기중심적인 특징이 있다. 말띠에 잘 맞는 띠는 양띠, 호랑이띠, 개띠를 꼽을 수 있으며 반면에 상극으로는 쥐띠가 있다.

　　양띠(未) 1967, 79, 91, 2003, 15년 양띠는 온순 순박하고 은근히 강한 스타일이 있으며 나서는 것을 싫어해서 드러나는 일은 좋아하지 않을 뿐더러 자존심도 세고 은근히 승부욕이 강한 편이다. 양띠의 잘 맞는 띠로는 말띠이다. 배려심이 많고 온순하여 연애뿐만 아니라 결혼에도 좋은 조합이라 할 수 있고 그와 반면에 상극에는 둘이 서로 타협을 하기 어려운데 소띠가 상극이다.

　　원숭이띠(申) 1968, 80, 92, 2004, 16년 원숭이띠는 타고난 말솜씨로 주변사람들을 웃기고 울리기도 하는 분위기를 잘 타는 성격이고 창의력이 뛰어나고 위기를 잘 넘기며 자신이 한번 한 말에는 끝까지 최선을 다하는 편이다. 원숭이띠와 잘 맞는 띠는 쥐띠이다. 이들은 서로가 활발한 성격으로 연인관계보다는 사회에서 친구로 만나면 참 좋은 인생의 도움이 되는 관계다. 그와 반대로 원숭이띠의 상극으로는 호랑이띠로 서로가 쫓고 쫓기는 관계로 그렇게 싸우다 정이 들 수도 있다.

닭띠(酉) 1969, 81, 93, 2005, 17년 닭띠는 부지런하고 앞을 내다보는 예지력이 뛰어나 예민한 성격과 자기자랑을 좋아하며 닭띠와 잘 맞는 띠는 뱀띠, 용띠, 소띠를 들 수 있다. 그와 반면에 서로의 이해심 부족과 정서적 불안정으로 어울리기 어려운 토끼띠와 개띠가 상극으로 잘 맞지 않는다.

개띠(戌) 1970, 82, 94, 2006, 18년 개띠는 착하고 성실하며 성격이 온순한 동물로서 은혜를 갚을줄 아는 의리 있는 동물로 비유하곤 한다. 개띠의 잘 맞는 띠는 토끼띠와 호랑이띠이며 그와 반면에 개띠의 상극에는 자존심 때문에 이해양보가 없고 자주 다투는 띠가 용띠이다.

돼지띠(亥) 1971, 83, 95, 2007, 19년 돼지는 예로부터 복의 상징으로 내성적 , 낙천적인 성격에 비유되는 동물로서 넉넉함으로 인해 잔꾀를 부리지 않고 의리가 깊은 것으로 잘 알려져 있다. 돼지띠의 잘 맞는 띠는 양띠, 토끼띠, 호랑이띠가 좋으며 반면에 상극으로는 뱀띠라고 볼 수 있다.

(1) 오행설과 출생의 운명(The Five Elements and destiny of birth)

1. 1912, 1972, 쥐, 임자생과 1913, 1973, 소, 계축생은 상자목 (桑柘木) 오행이다. 자축도 수기(水氣)이며 목(木)의 어머님. 초목은 봄에 새싹이 트는 뽕나무와 같다. 이해에 출생한 사람은 마음이 조용하고 도량이 넓어 순조롭게 풀린다.

2. 1914, 1974, 호랑이, 갑인생과 1915, 1975, 토끼, 을묘생은 대계수 (大溪水) 오행이라 한다. 갑을은 木의 기운이며 인묘도 木의 기운, 인은 山의 형상이

다. 서로 힘을 이루니 이해에 출생하면 만사에 민첩하여 남의 신용을 얻어 출세가 빠르다.

3. 1916, 1976, 용, 병진생과 1917, 1977, 뱀, 정사생은 사중토(沙中土) 오행이다. 병정은(火) 진사는(木) 동남초목은 화기가 왕성하면 말라 죽는다. 그 흙은 재와 같다. 이해에 출생하면 지능이 낮고 대인관계도 미약함으로 이점 주의하고 노력하여야 한다.

4. 1918, 1978, 말, 무오생과 1919, 1979, 양, 기미생은 천상화 (天上火) 오행이다. 무기는 土이며 화기의 변화이다. 오미는 火로 오르는 형상이다. 이해에 출생하면 세력이 왕성하여 우두머리로 대성한다. 그러나 너무 교만은 삼가 해야 한다.

5. 1920, 1980, 원숭이, 경신생과 1921, 1981, 닭, 신유생은 석류목 (石榴木) 오행이다. 경신은 金 기운이며 신유도 火의 기운이다. 석류의 씨가 많은 것같이 이해에 출생하면 자손이 많으며 한집 안이 크게 번영 한다. 믿음으로 노력하면 더욱 좋다.

6. 1922, 1982, 개, 임술생과 1923, 1983, 계해생은 대해수(大海水) 오행이다. 임계는 수(水)기이며 술해는 유식하는 땅이다. 급파역량 즉 빨리 일을 해결하는 성질이므로 대해(大海)의 물로 칭한다. 이해에 출생하면 마음이 넓고 부드러운데 한번 화가 나면 파도와 같다.

7. 1924, 1984, 쥐, 갑자생과 1925, 1985, 소, 을축생은 해중금 (海中金) 오행이다. 이해에 출생한 사람은 마음이 정직하나 때로는 성격이 급한 경우가 있으므로 만사를 서둘러서는 안 된다. 기회를 잘 포착하면서 꾸준히 노력하면 좋은 일이 생긴다.

8. 1926, 1986, 호랑이, 병인생과 1927, 1987, 토끼, 정묘생은 노중화 (爐中火) 오행이다. 목은 화의 어머니이다. 양기가 왕성하여 마치 화로 속의 불과 같다는 것이다. 이해에 출생한 사람은 고생을 하지 않고 남의 도움을 받아 어려움 없이 성공한다.

9. 1928, 1988, 용, 무진생과 1929, 1989, 뱀, 기사생은 대림목 (大林木) 오행이다. 진사는 동남방에 위치하며 木은 장생시키는 땅이므로 나무는 우거져 숲이 된다는 뜻이다. 그러므로 이해에 출생한 사람은 마음이 어질고 어려움 없이 크게 성공한다.

10. 1930, 1990, 말, 경오생과 1931, 1991, 양, 신미생은 노방토 (路傍土) 오행이다. 양 토가 금의 힘에 의하여 단단히 조여서 시붕 위에 기와징 같이 얹혀 있어 만인이 우러러 보면 출세할 수 있는 상서로운 길운이다. 굳은 마음으로 노력하면 성공하기 쉽다.

11. 1932, 1992, 원숭이, 임신생과 1933, 1993, 닭, 계유생은 검봉금 (劍鋒金) 오행이라 한다. 마음은 정직하나 성질이 급하여 남과 시비를 좋아하여 때때로 손

해를 보는 일이 있으므로 급한 성격에 항상 주의 하여 깊은 믿음의 정신을 가지면 성공한다.

12. 1934, 1994, 개, 갑술생과 1935, 1995, 돼지, 을해생은 산두화 (山頭火) 오행이다. 갑을은 기의 시작인데 화기를 띄고 있다. 또 돼지해의 금기운의 후식하는 자리에 있으므로 화(火)로 제구실 못한다. 즉 재물은 있으되 낭비하는 벽에 있다.

13. 1936, 1996, 쥐, 병자생과 1937, 1997, 소, 정축생은 간하수 (澗下水) 오행이라 한다. 수하는 서로 반대지만 물(水)에 불(火)이 나온다는 옛 고사가 있다. 그러므로 자축의 물은 철철 넘쳐흐르는 간하수이고 이해 출생한 사람은 뜻은 높으나 도량이 좁다.

14. 1938, 1998, 호랑이, 무인생과 1939, 1999, 토끼, 기묘생은 성두토 (城頭土) 오행이다. 무기는 흙이므로 인은 산, 묘는 목이다. 그런고로 이해에 출생한 사람은 직위와 신분이 높으면 좋으나 중간 이하일 경우에는 불길한 운이 따른다.

15. 1940, 2000, 용, 경진생과 1941, 2001, 뱀, 신사생은 백랍금 (白鑞金) 오행이라 한다. 경신은 서쪽 방향이며 금기운의 정위치이다. 이해에 출생한 사람은 온화하고 순진하며 때로는 여색에 빠지는 수가 있으니 여색에 삼가하면 성공한다.

16. 1942, 2002, 말, 임오생과 1943, 2003, 양, 계미생은 양류목 (楊柳木) 오행이다. 오미는 남쪽의 화를 지배하므로 수생목도 버드나무와 같이 약해 졌다. 이

해에 출생한 사람은 여자는 좋으나 남자는 성공률이 약하다.

17. 1944, 2004, 원숭이, 갑신생과 1945, 2005, 닭, 을유생은 천중수 (泉中水) 오행이라 하겠다. 갑을은 목이고 어머니인 수기는 극히 박하다. 신유는 곧은 방향이며 수의 어미인 (金)의 자리이다. 이해에 출생한 사람은 정직한 편이다.

18. 1946, 2006, 개, 병술생과 1947, 2007, 돼지, 정해생은 옥상토 (屋上土) 오행이다. 병정의 화는 목 흙을 발생한다. 삼세 상에서는 이것을 무덤이라고 보며 이해에 출생한 사람은 나가서 활동보다 안전이 필요하다.

19. 1948, 2008, 쥐, 무자생과 1949, 2009, 소, 기축생은 벽력화 (霹靂火) 오행이다. 즉 번개의 불이다. 자축의 수는 미약하며 이해에 출생한 사람은 지혜와 분별이 있기는 하나 때로는 모험성을 띄고 있어 재앙을 일으킬 염려가 있다.

20. 1950, 2010, 호랑이, 경인생과 1951, 2011, 토끼, 신묘생은 송백목 (松柏木) 오행이다. 목으로서 금기운의 영향을 받지 않은 것은 오직 송백 즉 육십갑자의 경인과 신묘에 붙이는 납음오행과 같은 상록수이다. 이해에 출생한 사람은 마음이 곧고 의지를 존중하며 남자는 용사의 기질이 있다.

21. 1952, 2012, 용, 임진생과 1953, 2013, 뱀, 계사생은 장류수 (長流水) 오행이다. 진사는 동쪽에 물이 흐르는 땅 즉, 목이 발생하는 위치이다. 이해에 출생한 사람은 마음이 넓고 여유 있으며 사교에 재치가 있어 노력하면 크게 성공할 운세.

22. 1954, 2014, 말 갑오생과 1955, 2015 양, 을미생은 사중금 (沙中金) 오행이다. 오미는 화생토이며 상생 즉 오행설에서 금은 수를, 수는 목을, 목은 화를, 화는 토를, 토는 금을 나게 하는 관계의 말로 상생이다. 이해에 출생한 사람은 마치 모래 속에 묻힌 금과 같이 재능을 인정해주면 좋으나 그렇지 못하면 항상 고독하다.

23. 1956, 2016, 원숭이, 병신생과 1957, 2017년, 닭, 정유생은 산하화 (山下火)의 오행이다. 신유는 가을의 금기운이다. 음양 속에 쌓여 있으므로 속에서만 불타는 격이다. 이해에 출생한 사람은 뜻이 잘 이루어지지 않으나 분발하면 뜻을 이룬다. 다시 말해서 인내가 필요하다고 본다.

24. 1958, 2018, 개, 무술생과 1959, 2019, 돼지, 기해생은 평지목 (平地木)의 오행이다. 술해는 급기의 땅이므로 그 흙에서 낳은 목은 평온하게 자란다. 이해에 출생한 사람은 마음이 조용하며 온순하고 선조 대대로 내려온 가업을 지키면 좋은 운세이다.

25. 1960, 2020, 쥐, 경자생과 1961, 2021, 소, 신축생은 벽상토 (霹上土)의 오행이다. 자축의 수의 기운이 방해를 하기 때문에 벽의 흙과 같이 매우 약하다. 이해에 출생한 사람은 무엇보다 정신수양이 필요하다. 인내와 믿음을 가져라.

26. 1962, 2022, 호랑이, 임인생과 1963, 2023, 토끼, 계묘생은 금백금 (金白金)의 오행이다. 금기운이 끝나고 수의 기운이 끊어지려는 자리이다. 금백의 금처

럼 쓸모는 있으나 힘이 약하다. 이해에 출생한 사람은 남의 도움을 받으나 정신이 약해 병에 주의하는 게 좋다.

27. 1964, 2024, 용, 갑진생과 1965, 2025, 뱀, 을사생은 복등화 (覆燈火)의 오행이다. 말하자면 등용의 불이다. 바람에 약하나 밝은 빛을 가졌다. 이해에 출생한 사람은 성질은 유약하나 재주와 지혜 예술의 천분이 있으므로 수양과 노력을 요한다.

28. 1966, 2026, 말, 병오생과 1967, 2027, 양, 정미생은 천하수 (天河水)의 오행이다. 병정은 화기이며 오미는 토수의 기운이다. 그러므로 화수토가 왕성한 형상이다. 이해에 출생한 사람은 마음이 높고 넓어 존경 받는 인물로 보며 색욕에 주의해야 한다.

29. 1968, 2028, 원숭이, 무신생과 1969, 2029, 닭, 기유생은 대역토 (大驛土)의 오행이다. 토기가 왕성한 자리이다. 신유는 서쪽의 금기의 땅으로 토생금 즉 흙에서 쇠가 생기는 것을 뜻하는 상생이다. 이해에 출생한 사람은 남보다 많은 재물을 얻고 크게 성공하여 명성을 떨치는 운이다.

30. 1970, 2030, 개, 경술생과 1971, 2031, 돼지, 신해생은 차천금 (鑔釧金)의 오행이다. 경신은 금의 기운 술해는 금기운의 휴식하는 자리이므로 금과 같이 성질이 순박하고 선량하다. 이해에 출생한 사람은 예능의 재질이 있고 윗사람의 도움을 받아 지휘관 운세이다.

(2) 궁합풀이 (Marital compatibility interpreting)

1. 남 火, 여 木 (木 生 火 목생화)

지혜 있고 어진 부부 화합하여 입신양명 하니 자손은 효성이 지극함. 재물도 많고 벼슬에 오르니 만사가 대길 하리라.

2. 남 火, 여 土 (火 生 土 화생토)

가정이 화합하여 화목하니 자손이 잘되고 재물이 풍족하여 일생에 근심 걱정 없다. 부귀 공명하니 이름을 떨치고 길하다.

3. 남 火, 여 火 (火 相 遇 화상우)

행복에 변화가 많으니 재물은 흩어지고 부부 화합 잘 안되니 자손은 효도함이 적다. 부부 화합하여 성실히 노력하면 좋을 것이다.

4. 남 火, 여 水 (水 剋 火 수극화)

운명의 재난이 많고 일가친척 화합이 잘 안되어 재물도 적다. 그러나 최선을 다하여 부부 합심하면 무엇이든 이길 수 있다.

5. 남 火, 여 金 (火 剋 金 화극금)

자손이 귀하고 재앙이 그칠 사이가 없으며 운명의 재난이 많다. 매사에 너무나 과격하게 지나치면 실패도 많으나 안전을 기해 노력하면 된다.

6. 남 水, 여 水 (水 相 合 수상합)

많은 사람에 귀여움을 받고 부부금실이 좋아 일가친척 화목하고 운수 대길하니 평생 근심걱정 없이 재산을 모으고 번창하는 운.

7. 남 水, 여 火 (水 剋 火 수극화)

부부가 서로 상극이니 항상 불화가 많고 자손과 친척 불화도 자주 있어 가정에 길함이 적다. 서로 인격을 존중하고 미덕을 발휘하라.

8, 남 水, 여 土 (土 剋 水 토극수)

물과 흙은 상극이니 부부화합 못 이루고 자손의 효도 어려우니 서로 신비적인 믿음으로 공경하면 어려움을 면할 것이다.

9. 남 水, 여 金 (金 生 水 금생수)

권모술수에 능하고 부부화합 하니 자손효도하고 창성하여 매사에 길하다. 믿음이 강하며 권세도 사업도 대성하고 대망의 꿈이 이루어진다.

10. 남 水, 여 木 (水 生 木 수생목)

지혜 있고 영리하여 부부 화합되니 부귀영화 하여 평생 기쁘고 즐겁다. 믿음과 집착력이 있어 재산을 모으고 길이 번창한다.

11. 남 木, 여 水 (水 生 木 수생목)

부부간에 금실이 지극하여 효도하는 자손이 많고 친척 간에 화목하고 복록이 가득하여 평화롭고 장수하고 매사에 안전을 기할 수 있다.

12. 남 木, 여 火 (木 生 火 목생화)

부부 화합하니 복록이 많아 평생 먹을 것이 많음으로 부러울 것 없이 가정이 행복하여 만인이 숭상한다.

13, 남 木, 여 木 (木 相 合 목상합)

일평생 길함과 흉함이 상반하나 부부 서로 화합하면 생남, 생여 할 것이요, 재산은 풍족하지 못하나 의식에 고난은 없다.

14. 남 木, 여 金 (金 剋 木 금극목)

금 목이 서로 상극이니 부부해로 하기 어렵고 빈곤하며 자손양육하기 어렵고 재앙과 풍파가 많으니 서로 이해하고 사랑하여야 한다.

15. 남 木, 여 土 (木 剋 土 목극토)

부부 금실이 멀어지고 자손이 불효하고 친척간에 불화가 많아 패가망신하기 쉽다. 그러나 부부가 합심하여 노력하면 어려움을 면한다.

16. 남 金, 여 水 (金 生 水 금생수)

부부 합심하여 의가 좋으니 부귀 공명하여 복록도 많아 부자가 되어 일세기에 이름을 높이리라. 맏아들 양육에 조심하면 장수하고 길하다.

17. 남 金, 여 土 (土 生 金 토생금)

사업 성공 소원 성취 이룩하고 평생근심 걱정 없으며 자손은 재능이 특유하여 성실히 노력하면 관록도 있어 출세한다.

18. 남 金, 여 金 (金 相 遇 금상우)

믿음과 정열로 부부 화합하여 노력하면 성공하고 노력하지 않으면 생활이 어렵다. 형제 단합 못하면 구설수 많고 미덕이 없다.

19. 남 金, 여 木 (金 魁 木 금극목)

가정에 구설수 많아 자손에 불화를 초래하고 불평이 심하다. 믿음과 정열로 서로 믿는 마음이 강하면 어려운 시기를 풀어 성공한다.

20. 남 金, 여 火 (火 魁 金 화극금)

평생 모은 재산도 관리를 소홀히 하면 실패하는 수가 많다. 이별 수가 있고 평생 근심걱정이 많다. 자력으로 노력하면 성공한다.

21. 남 土, 여 火 (火 生 土 화생도)

성실하게 노력하니 부귀 공명하여 자손은 효도하고 지도자의 운명적 생활을 택하여 근심 걱정 없이 가정이 편안하고 행복하다.

22. 남 土, 여 金 (土 生 金 토생금)

자손이 번성하고 잘 되어가며 부귀 공명하여 경제적으로 부유하고 가정이

윤택하다. 특히 부부 해로하니 일가친척 화목하고 형제가 사이 좋아 가정이 길하다.

23. 남 土, 여 土 (土 相 合 토상합)

부부 융화가 잘되어 부귀호사하고 자손이 번성하고 잘 되어며 먹을 것이 많고 풍요롭다. 재산 모아 번창하고 성공 발전 이루리라.

24. 남 土, 여 木 (木 剋 土 목극토)

운세가 변하고 부부가 불화 많으니 구설과 관재수가 있다. 재산을 관리에 문제가 따르며 재산이 기울 수 있다. 매사에 심혈을 기울여 서로가 협심하는 게 좋다.

25. 남 土, 여 水 (土 剋 水 토극수)

풍운아 같은 일생이며 부부불화가 많고 자손이 있어도 서로 뜻이 안 맞아 흩어져 살고 고독하다. 힘겨운 욕망을 삼가고 노력하는 게 좋다.

4) 한국 전통 혼례식 (Korean traditional wedding ceremony)

● 2014년 7월 코리아 페스티벌에서 필자는 하와이 처음으로 한국전통혼례식을 재연하였다. 위 사진은 한국전통식으로 신부는 가마에 타고 행렬하는 모습이다. (July 2014, Mr. sang Lee performed an reenactment of the Korean traditional wedding for the first time in Hawaii at the Korean festival, and this picture shows after the wedding ceremony the bride is carried in the 'GAMA')

내가 철부지 어린 시절, 그러니까 지금으로부터 50년 전만 해도 내 고향에서는 전통 혼례식이 흔했다. 그러나 지금은 그러한 예식을 보기가 쉽지 않다. 옛 전통 혼례식은 흔히 집 마당에서 하고 잔치 또한 이삼 일씩 치렀다.

어린 시절 동네 어른들의 혼례식 구경은 대단한 볼거리였고 마을사람들은 새 색시를 보려고 모여들곤 했다. 그 시절이야말로 사람 사는 냄새를 느낄 수 있었던 때로 돌아보면 아련한 추억이다.

한국 혼례의 전통은 대략 300여 년 정도부터 대중화 되었다. 오랜 세월 동안 많은 것이 변하여 요즈음은 많이 간략해졌지만 그래도 변하지 않고 지금까지도 전해내려 오는 것은 신랑이 신부 집으로 가서 혼례를 올리고 난 뒤에 신랑 집으로 오는 것이다.

혼례식을 하기 위한 대례상 장식은 청실, 홍실 곧 푸른색과 붉은색 천을 쓰는데 이러한 것은 음과 양을 뜻한다. 여성은 음과 어둠과 땅을 뜻하고 남성은 양과 밝음 그리고 하늘을 뜻하며 밤과 낮 사이의 균형으로 부부 금실이 좋으라는 상징적 의미이다. 화분에는 각각 소나무와 대나무를 꼽는데 이는 절개 곧 흔들림 없이 곧은 마음과 건강하게 오래오래 같이 살라는 뜻이다.

혼례식에는 자손이 번성하여 백년해로, 일편단심을 상징하는 뜻으로 기러기를 많이 쓰고 있다. 기러기는 암놈과 수놈이 일부일처제를 이루며, 심지어 상대가 죽어도 다시 배우자를 찾지 않으므로 이로서 정조를 지키는 애정을 상징하기도 한다. 수컷과 암탉을 푸른 천에, 하나는 붉은 천에 싸는 것은 악귀가 사라져 신혼 부부에게 해를 입히지 말도록 하는 희망의 뜻을 담고 있으며, 암탉은 달걀을 많이 낳으므로 신부도 아이를 많이 낳으라는 희망의 뜻을 담고 있다.

전통 혼례식을 크게 3가지로 나눠보는데 의혼은 중매를 하는 것이고 중매가 끝나면 납채로 사주, 연길이 오고 가며 다음으로 납폐는 혼서지, 채단을 보내고 그런 다음 혼례식 친영으로 전안례, 교배례, 근배례, 합근례의 순서로 혼례식을 한다.

간략히 다시 정리하면,
서로의 의사를 타진하는 "의혼"
혼례 날짜를 정하는 "납채"
예물을 보내는 "납폐"
혼례식을 올리는 "친영" 의 네 가지 의례로 이루어진다.

혼담(의혼)이란 양가에서 서로가 뜻을 전하는 중간에 중매자가 가문과 학식, 인품 등을 알아보는 순서로 서로 호의적인 감정이 오가면 부모들만 먼저 선을 보게 되고 서로의 혼담이 이루어지면 대개는 남자 측에서 먼저 "청혼서"를 보내고 여자 측에서도 혼인 마음이 있으면 "허혼서"를 보냄으로써 혼담이 이루어진다.

두 번째 단계는 납채라 하는데 허혼서인 편지나 혼인 하고자 하는 뜻을 전달 받은 신랑 집에서는 허혼에 대한 감사의 글과 택일요청, 인사말을 하는 납채문과 신랑의 사주 곧 생년월일과 줄생기간을 적어서 보내는 사주를 써서 홍색 보자기에 담아 신부 집으로 보낸다.

그러면 다시 신부 측에서는 택일 요청에 대한 인사말과 혼례식 때 입을 신랑 의복 치수를 알려주는 것을 연길이라 하는데 연길을 보내기도 한다.

다음 단계는 납폐식이라 하는데 신부 집으로부터 편지(연길)를 받은 신랑 집에서는 신부가 혼례 때 입을 "채단"과 "혼서지"를 혼수 함에 넣어 보내는데 함에 넣어 보내는 예물로는 주로 비단을 넣어 채단이라고 하며, 채단은 보통 한 달 전에 보낸다. 혼례 직전에 패물과 신랑에 관한 소개 글과 인사말의 혼서지, 추가 채단, 봉채를 넣어 물목과 함께 보내는데 이것을 함이라 한다.

신부는 혼수와 함께 받은 혼서지와 사주를 평생 소중히 간직하여 남편과 일편단심으로 삶을 마친다는 의미로 관속에 까지 가지고 간다.

네 번째로는 초자례라 하는데 이것은 그동안 혼인절차가 끝나고 혼례식 날 예비 신랑은 설레는 마음에 아침 일찍 일어나 조상들의 사당이 있으면 가장먼저 정중하게 절하고 없으면 부모님께 그동안 길러주신 은혜에 감사 말씀을 드리고 정숙한 마음으로 절을 한 뒤 혼례청(신부집)으로 이동한다.

한편, 예비 신부도 결혼식 날 아침 일찍이 부모님께 고마움과 감사한 마음을 예의를 다해 표하고 혼례식을 기다린다.

다섯 번째로는 전안례라고 하는데 신부 집에서 혼례식을 올리기 위해 갈 때 최대한 예우를 해주어 주로 말을 타고 가게하며 신부 집에 도착하면 옆집에서 잠깐 기다리고 있다가 혼례준비가 되어 신부집 앞에 당도하면 신부집 대표가 나와서 손님을 맞이하고 집안으로 안내한다. 신랑은 대문을 들어서면 악귀를 쫓는다는 의미로 바닥에 짚불을 피워 넘어 연기를 쏘이며 들어가 장모가 있는 문 앞에 가서 서로 사랑하며 아들딸 많이 낳고 짝을 잃어도 다른 짝을 찾지 않으며 홀로 산다는 의미로 가지고 간 기러기를 상위에 놓고 두 번 절하면 장모는 기러기를 들고 들어간다.

다음으로 신랑은 대례상 앞으로 가 동쪽편 자리에 서 있게 되면 신부는 머리에 족두리를 쓰고 연지 곤지를 양쪽 볼에 빨갛게 칠한다. 이는 신부에게 악귀가 근접 하지 말라는 뜻으로 하며 양쪽 수모(도와 주는 이)의 도움을 받아 나온다.

여섯 번째로는 관세우라 하는데 혼례식장 앞에서 신랑과 신부가 몸과 마음을 청결히 하는 의미로 손을 깨끗이 씻는 의식을 한 뒤 대례상 위에 초에 불을 밝힌다.

다음으로 교배례는 신랑 신부가 초례상 사이에 두고 마주보면서 집례자가 혼례절차에 따라 진행하는데 구경꾼들은 짓궂게 우스갯소리를 하나씩 말하기도 한다. 신랑신부가 혼인을 서약하는 의미로 초례상 앞에서 한 번 절을 나눈다.

다음으로 합근례는, 부선 부우재배라고 신랑신부는 하늘과 땅에 감사하는 마음으로 아내로 받아주라는 뜻으로 절하는데 신부가 먼저 신랑에게 두 번 절하고, 서답 서우재배로 일생토록 사랑할 것을 신랑은 배우자에게 서약하는 의미로 신랑은 신부에게 한번 절하면 된다.

다음은 근배례라는 절차인데 신랑과 신부가 천생배필의 인연임을 확인하고 두 사람의 술잔을 따르고 마셔 비운다.

다음으로 합환주를 나누는데 신랑은 술잔을 반쯤 마시고 신부에게 건네주면 신부는 그 술잔을 비우고 이번에는 신부가 술잔을 절반 마시고 신랑에게 건네주면 신랑은 그 술잔을 비운다. 이때 옛 풍습에는 술잔으로 표주박을 썼는데 그 까닭은 반으로 쪼갠 표주박을 합하면 하나를 이루게 된다는 뜻에서 단 하나 밖에 없는 짝을 나타내는 뜻으로 쓰였다.

마지막은 수훈례로 두 사람의 합환주로 혼인이 성사되었음을 이제 만천하에 알리는 것으로 혼례는 끝이 나고 잔치가 벌어진다. 그리고 밤이 깊으면 첫날밤을 보내는데 신랑신부가 합방하는 것을 보기 위해 신방 엿보기라는 풍속이 있다.

● "신방엿보기" (In old custom, after the wedding, people peeped in the bridal room) 그림 이무성 한국화가

　신부 집에서 혼례를 올리고 첫날밤을 지낸 뒤 신랑을 따라 신혼생활을 하기 위하여 신부는 가마를 타고 신랑은 주로 말을 타고 가는데 신랑 집에 도착하면 이웃사람들이 나와서 콩, 팥, 목화씨, 소금 등을 뿌리고 대문 앞에 세워둔 볏짚에 짚불을 놓아 신랑신부가 연기를 쏘이며 넘어오도록 하여 잡귀를 쫓는 의식을 하는데 요즘도 가끔 그런 풍습을 볼 수 있다.
　신랑 집에 도착하면 폐백례를 하여 신부 집에서 돌아올 때 가져온 이바지음식을 놓고 신부는 시부모를 만나는데 만약 조부모가 있는 경우는 조부모에게 드리는 상을 따로 차려놓고 부모에게 먼저 절하고 난 다음 조부모에게 인사 드린다. 신랑 아버지는 동편에 앉고 시어머니는 서쪽에 앉으며 신부는 시부모께 네 번 절을 드리었는데 요즘은 두 번으로 줄여서 한다. 그 뜻은 시댁의 조상에 대한 존경과 충절의 뜻을 표하는 것이다. 시부모의 덕담과 아울러 대추와 밤을 던져주면 받는데 이것은 아들딸을 많이 낳아 잘살라는 뜻이다.

시부모님께 인사를 드리고 나면 신랑은 신부에게 모여든 가족 친지를 소개를 하여 주는데 소개 받은 신부는 혼자서 일일이 절을 따로 한다. 집안 분들께 인사를 드리면서 덕담과 우스갯소리로 화기애애한 신랑 집에서의 첫 날을 보낸다.

신랑 집에서 첫날밤을 보낸 새 신부는 새벽에 아침 일찍이 일어나 시집올 때 별도로 가져온 대추와 밤을 그릇에 정결히 담아 교자상에 받쳐 들고 시부모 계시는 방문 앞에 놓고서 첫 문안 인사를 함으로서 신혼이 시작된다.

● 한국의 전통혼례 모습 (Korean traditional wedding Ceremony) 하민영 작가 제공

5) 건강 지압 (Health finger-pressure therapy)

(1) 지압이란 걸 알게 된 계기

한국의 입시제도는 수많은 변화를 거쳤는데 당시 내가 대학진학을 앞둔 시점은 예비고사 제도가 있어 이 과정을 거쳐야 대학시험을 볼 수 있는 자격이 생겼다. 급변하는 입시제도에 적응을 못해 학생들은 우왕좌왕하였고 나 역시 처음으로 실시하는 예비고사에 낙방하는 바람에 재수 학원을 다니다가 번잡한 곳을 떠나 조용한 절에서 공부를 하게 되었는데 바로 이때 이 절의 주지스님에게서 지압을 배우게 되었다. 그때 하라는 공부보다는 지압에 흥미를 느껴 나는 그날그날 배운 것을 하나하나씩 공책에 정리해 나가면서 궁금한 것은 스님에게 다시 묻는 등 열심히 배웠다. 물론 지압사로 일을 한 적은 없지만 이론적으로 알고 있는 것을 평생 내 스스로에게 해오면서 많은 효험을 보게 되어 혼자서도 할 수 있는 방법을 소개하고자 한다. 좋은 약이 널려있다고는 해도 모든 것을 약으로 해결 할 수는 없는 법이다. 간단한 지압을 익혀두면 응급 시에도 도움이 될뿐더러 평소 건강관리에도 많은 도움이 되리라는 생각이다. 여기에 소개하는 방법은 텔레비전을 보면서도 할 수 있을 뿐더러 엄지손가락이나 손바닥 등으로 몸 표면의 일정부위를 눌러 주는 것만으로 생체의 변화를 교정하거나 건강 증진 또는 질병 치료에도 도움이 되는 수기요법이다. 수기요법에는 척추 교정법, 시행하는 사람의 엄지손가락에 의한 보통압법, 관절의 운동 조작방법이 있으며 온몸을 한 번씩 눌러서 몸 상태를 진단하여 피부근육에 탄력을 주거나 몸에 열이 있거나 차가울 때 그리고 피부가 거칠 때 등에도 지압이 효과가 있다.

지압에는 혈관, 임파절, 신경, 내분비선 등 약 660개의 지압점이 있다. 또 사람 몸은 600개의 근육으로 되어있고, 그 중 400개는 골격근이다. 정신근육은 체중의 약45%, 인체의 골격은 206개의 뼈로 구성 되어 있다. 전경(왼쪽 앞 목 부분)은 총 동맥이 내 동맥과 외 동맥으로 분류 되는 경동맥의 시작점이다.

(2) 지압의 위치 요령과 효능 (Position and efficacy of acupressure)

지압의 효과는 생명력의 부활, 피부기능의 활발화, 체액순환 촉진, 조직의 유연화, 골격의 교정, 신경기능조화, 내분비의 조절, 내장기관의 정상화가 있다.

(3) 지압하는 요령

통상적으로 누르는 법이 있는데 서서히 3~5초 정도 수직으로 압력을 가하고, 완압법은 천천히 5~6초씩 누르고, 지속압법은 손바닥으로 5~10초 힘을 일정하게 누른다. 그리고 유동압은 손가락으로 마디마다 건너가면서 누르는 것이다.

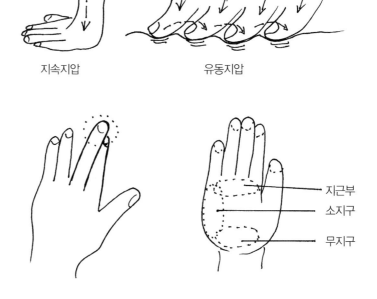

지속지압   유동지압

지근부
소지구
무지구

(4) 지압 위치와 효능

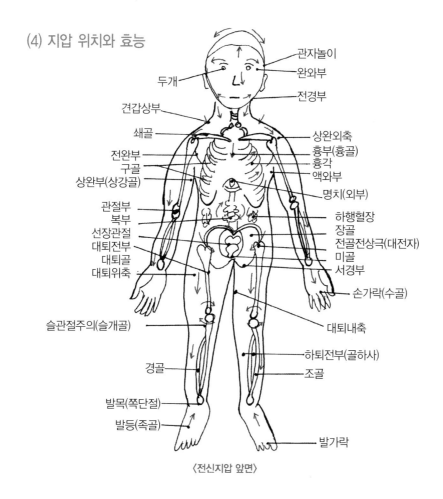

관자놀이
완와부
전경부

두개

견갑상부

쇄골
상완외축
흉부(흉골)
흉각
액와부

전완부
구골
상완부(상강골)

명치(외부)

관절부
복부
선장관절
대퇴전부
대퇴골
대퇴위축

하행혈장
장골
전골전상극(대전자)
미골
서경부

손가락(수골)

대퇴내축

슬관절주의(슬개골)

하퇴전부(골하사)
조골

경골

발목(쪽단절)
발등(족골)

발가락

〈전신지압 앞면〉

1_**두부지압** : 두통 뇌빈혈 모발 불면증 | 2_**안구장압** : 신경 안전피로 | 3_**안구지압** : 얼굴미용 앞면 신경마비 | 4_**전경 부 지압** : 뇌출혈 빈혈 고혈압 | 5_**횡경부 지압** : 현기증 멀미 침근통 | 6_**연수부지압** : 불면 심장 피로 코피 | 7_**후경부 지압** : 동맥경화 불면 현기 신경 | 8_**견갑상부** : 간장 심장 상지신경 팔 저림 | 9_**견갑간부** : 위장 기관지 심장 신장 | 10_ **배부 지압** : 위장 간장 심장 정력 호르몬의 조절 | 11_**삼각 흉부** : 팔 저림 상지신경 마비 | 12_**장골 능변부** : 변비 설사 생리통 허리 | 13_**선골부** : 정력감퇴 전립선 갱년 | 14_**전부** : 신경 정력 요통 발기부전 | 15_**나미고지 압점** : 설사 정 력 생리 방광 | 16_**대퇴부** : 좌신경 냉증 멍울 | 17_**슬와부** : 멍울 냉증 저림 | 18_**하퇴후부** : 배복근 저림 통증 해열 |

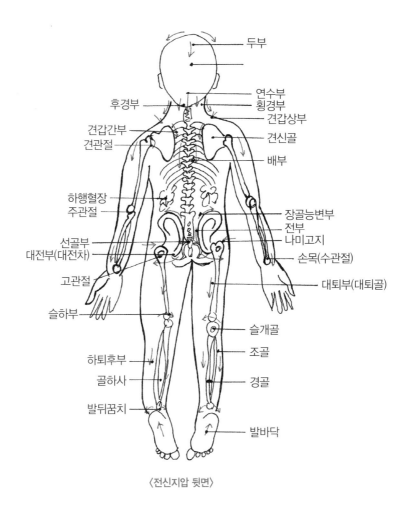

두부

연수부
횡경부

견갑상부

견신골

배부

후경부

견갑간부
견관절

하행혈장
주관절

장골능변부
전부
나미고지

선골부
대전부(대전차)

손목(수관절)

고관절

대퇴부(대퇴골)

슬하부

슬개골

조골

하퇴후부

골하사

경골

발뒤꿈치

발바닥

〈전신지압 뒷면〉

19_**뒤꿈치 양쪽부** : 냉증 야뇨증 생리 해열 | 20_**발바닥** : 냉증 경련 저림 생리불순 | 21_**액와부** : 상완 신경 저림 마비 고혈압 | 22_**상완부** : 신경마비 서경 저림 | 23_**손가락** : 내장기관 서경 저림 | 24_**서경부** : 임파 불감증 정력 냉증 | 25_ **대퇴전부** : 위약 슬관절 통풍 | 26_**대퇴내측** : 좌골신경 생리 정장 불임 | 27_**대퇴외축** : 정장 변비 설사 각기 생리 | 28_ **슬관절 주위** : 관절통 류마치스 | 29_**하퇴전부** : 냉증 상기 정장 생리 | 30_**발목** : 삔곳 저림 보행 | 31_**발등** : 정장 냉증 두통 마비 보행 | 32_**발가락** : 저림 내장기관 냉증 생리 보행 | 33_**가슴부위** : 천식 근간신경 불감 | 34_**복부** : 식욕 변비 위경련 당뇨 간장

(5) 자기가 혼자서 하는 지압 요령과 순서 (Self acupressure)

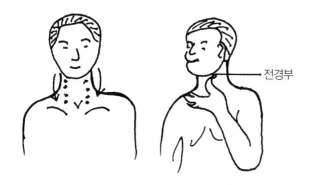

전경부

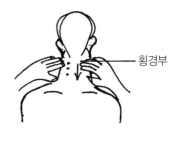

횡경부

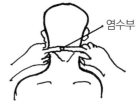

염수부

후경부

1. **전경부** : 좌경부를 좌 무지로써 1점에서 4점 목까지 1회 약3초, 4점 약3회
2. **횡경부** : 좌우 세 손가락 끝을 가지런히 하고 좌우 양도기의 밑부분 뿌리에서 3점 3회
3. **연수부** : 오른손 중지의 지문을 연수부에 대고 좌 중지를 겹쳐 쭉하고 좀 비비는 기분으로 누름 5초 3회
4. **후경부** : 좌우 3지로 후경부 3점 3회
5. **두 부** : 좌우 3지를 가지런히 밑으로 향해서 정중선 6점 및 그 양쪽을 누른다.
   후두부 : 3지로 3점 3회
   측두부 : 양손바닥으로 끼워 놓듯 한번에 5초 장압 3회

장압방향

장압범위

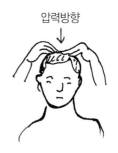

압력방향

6. 안면 :

1) 이마 정중선을 좌우 3지로 밑으로부터 위를 향하여 3점 3회 다음 밑으로부터 좌우동시에 옆으로 3점씩 3회

2) 코의 양쪽을 좌우인지에 중지를 겹쳐서 위로부터 밑으로 3점 3회

3) 빈골부 : 광대뼈의 가를 3지로 안에서부터 밖으로 3점 1회

4) 입가를 3지로 3점 1회

5) 양 하안와를 좌우3지로 눈구석에서 눈꼬리로 향하여 3점 1회 상완와도 같은 방법으로 3점 1회

6) 좌우 관자놀이를 3지로 눈꼬리에서 귀를 향하여 3점 1회

7) 양 손바닥으로 안구 장압을 약 10초 손바닥 중앙에 눈동자를 놓칠 듯게 누른다.

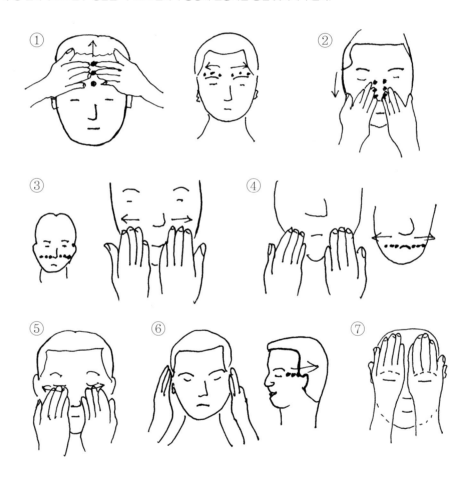

7. 견갑상부 :

오른손 3지를 붙여서 가지런히 좌견갑상부를 배꼽 방향으로 5초 우견 갑상부를 좌 3지로 같은 요령으로 누른다.

8. 배부 : 견갑간부 5점목으로 허리까지 10점목 3회 마지막 10점목을 강하게 누른다.

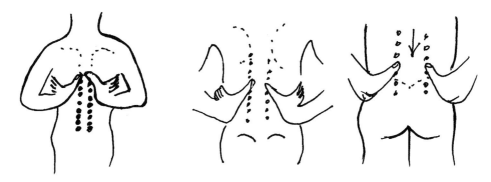

1) 장 골 능 : 양 무지로 장골능 따라 10점목의 옆으로 밖을 향하여 3점 3회
2) 선 골 부 : 양무지로 선골의 중앙부를 3점 3회
3) 전   부 : 무지로 좌우 전부를 동시에 비스듬하게 밖을 향하여 4점 3회
4) 나미고지 : 무지로 5초 강압

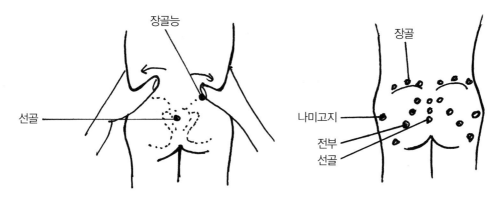

9. 흉부 : 양 3지로 흉골부를 위에서 밑으로 명치 앞까지 5점 1회 좌우 늑간부를 양 3지를 좀 벌려서 안에서 밖으로
4점 씩 2회 흉부의 윤장압은 양손 바닥을 겹쳐서 좌 흉부의 외곽을 돌리는 윤장압 5회 우측 흉부도
같은 요령으로 한다. 왼손 바닥을 좌흉부에 오른손 바닥을 우흉부에 대고 좌우 동시에 윤상 장압 10회

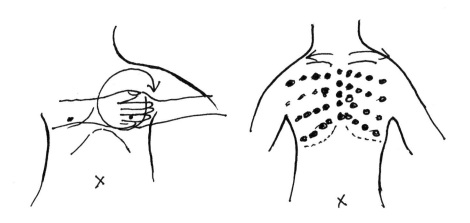

10. 복부 : 좌우 3지 끝을 가지런히 외부로부터 복부의 지압점을 누른다. 오른손 바닥을 복부에 그 손등 위에
왼손바닥을 겹쳐서 장압도 복부의 지압점에 따라 행한다. 끝으로 복부의 진동을 10초간

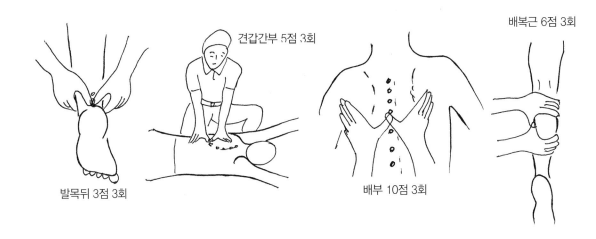

발목뒤 3점 3회   견갑간부 5점 3회   배부 10점 3회   배복근 6점 3회

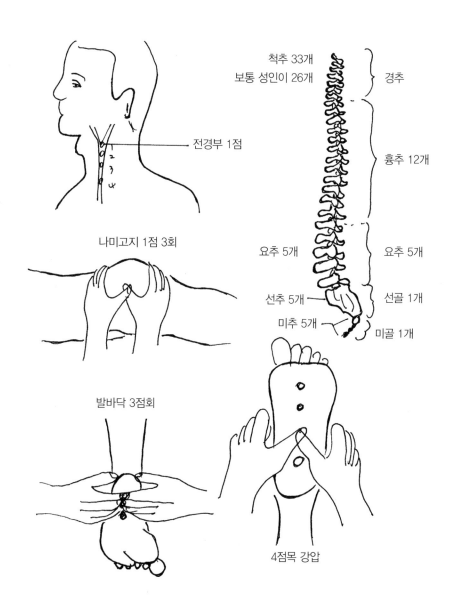

전경부 1점

나미고지 1점 3회

발바닥 3점회

척추 33개
보통 성인이 26개

경추

흉추 12개

요추 5개

요추 5개

선추 5개

선골 1개

미추 5개

미골 1개

4점목 강압

책을
마무리 하면서

먹물을 갈 때
내 마음은 환상의 꽃이 됩니다
바람에 찢기고 가지에 꺾이어도
한 번 꽃필
그날을 위해
그토록 안팎으로 닳고 닳아도
늘 더 예쁜 한 송이 꽃을 피우기 위해
환상의 웃음으로 빙그레 웃어봅니다.

펜대에 힘주어 글을 쓰면서
내 마음은 바다로 갑니다
이리 밀리고 저리 밀리고 파도에 씻기어
가냘픈 조개껍질
갈고 갈려 모래 되어도
늘 새롭기만 한 고요한 모래 같은 내 마음
조용히 빛나는 노을로 환히 스쳐가는 마음입니다.

망치 들고 일을 하면서

내 마음은 푸른 숲으로 갑니다

야자수처럼 푸르고 곧게 흔들리지 않는

한 그루의 나무 되어

수많은 열매를 맺고

때로는 휘몰아치는 바람과 불통의 언어에도

한 발자국도

흔들리지 않는

내가 서있는 숲

야자수 나무처럼

올곧은 푸른 마음입니다.

작품 활동을 한지가 1974년부터니까 어언 40여 성상이 지났다. 1980년에 미국으로 이민 와서 바쁜 삶의 연속이었지만 한 번도 붓을 놓은 적이 없다. 이민 초기의 온갖 어려움과 고난 속에서 그림이나 글씨를 쓰지 못 할 때에는 마음을 열어 시를 지었고 시 조차 쓸 시간이 없을 때에는 꿈속에서 조차그림을 그릴지언정 마음의 붓을 놓은 적은 단 한 시간도 없다. 그만큼 그림과 글씨 그리고 시는 내 지난 삶의 동반자요, 둘도 없는 훌륭한 벗이었다.

뜻한바 있어 번잡한 일들을 대충 정리하고 2010년 말부터는 본격적인 서예 작업과 동양화 작품에 몰두하여 그간 시화집 《이민 가는 길》 두 권을 냈다.

또한 책 출간을 기념하여 1976년부터 30년간 모아둔 작품 중에서 30여 점을 간추려 하와이 이민 110주년을 맞아 알라모아나 호텔에서 개인전도 열었다.

● 《이민 가는 길》 시화집 Ⅰ

● 《이민 가는 길》 시화집 Ⅱ

조국을 떠나 살다 보면 늘 옛 고향의 향수에 젖게 마련이다. 그러한 내 고향 진도의 산과 들 그리고 바다와 하늘을 거울삼아 그림으로 그리고 시로 써보지만 막상 남에게 내놓기에는 쑥스러운 면도 없지 않다. 그래도 용기를 내어 이렇게 작품을 세상에 내어 놓는 까닭은 오랜 세월 묵향이 주는 그 아련하면서도 형용 할 수 없는 깊은 사유의 세계를 내 이웃과 나누고자 함에 있다.

아침이면 부잣집 문을 두드리고
저녁이면 귀인의 행차를 따라 다녔소
남은 술과 식은 고기 안주 먹으며
가는 곳마다 슬픔과 고통을 느꼈다오.
– 두보 '증위좌승' –

중국의 시성(詩聖) 두보는 타향에서 병을 얻어 몸 져 누웠다. 몸과 마음이 지쳐버린 그는 죽음까지 생각했지만 아내와 자식이 눈에 밟혔다. 두보는 병석에 누워 지난 몇 년간 장안에서 보낸 자신의 모습을 뒤돌아보면서 위의 시를 지었다고 한다.

이민 생활은 애초부터 '그리움' 과 '고통' 을 태생적으로 안고 있는 삶이다.
두보처럼 부잣집 문이라도 두드리고 싶던 이민 초기의 삶은 언어의 불통에서 부터 고단한 육신을 쉴 방 한 칸 마련하는 것까지 고난의 연속이었다. 그런 속에서도 굴하지 않고 예까지 걸어 나온 자신이 대견스러울 때가 있다.
고통스런 현실 속에서도 오늘의 나를 있게 한 것은 한 폭의 그림이요, 한 줄의 붓글씨었다. 그리고 내 마음을 솔직히 그린 한 편의 시, 이 세 벗이야 말로 내가 이 땅 하와이에서 자랑스럽게 여길 만한 친구라고 해도 지나친 말이 아니다.

하지만 이러한 예술의 세계란 그렇게 호락호락 한 것이 아니다. 때론 부끄러운 알몸을 드러내는 것 같아 몸 둘 바를 모른 적도 한두 번이 아니다. 그때마다 마음 저 밑바닥에서 우러나오는 샘솟는 용기는 무엇이었을까?

시성 두보도 그러했지만 불멸의 작곡가 베토벤도 그 참담한 고통 속에서 자신의 예술을 꽃피운 사람이다. 들리지 않는 그 절망의 현실 앞에서 베토벤이 절망하지 않았듯 내 삶 역시 온갖 고통의 시간과 맞바꾼 열매였음을 이제서 어렴풋이 이해 할 것 같다. 위대한 예술가들이 오직 예술로만 그 기나긴 고통의 쓰디쓴 잔을 비워 냈듯이 나 또한 그 작은 몸짓으로 필사적인 예술의 실체를 붙잡고자 몸부림 쳤다. 내면의 나에게서 나오는 부르짖음이 나의 그림이요, 나의 시요, 글씨였음을 고백한다.

세상 그 누구인들 마음을 활짝 열고 찬란한 빛 속에 살기를 원하지 않는 사람이 있을 것인가! 미친 듯이, 미친 듯이 나도 그 빛을 원한다. 원하지만 도달 할 수 없는 것, 그래도 나는 포기하지 않는다. 내가 지향하는 예술의 세계는 마치 늪과도 같은 그 끝을 알 수 없는 것이지만 어둠으로부터 영롱하게 밝아 오는 새벽을 향하여 그래도 나는 발걸음을 멈추지 않을 것이다. 그 어떤 가시덤불을 만나 피투성이가 될지언정 결코 포기하지 않고 앞으로도 뜨거운 삶의 노래를 부를 것이다. 어떠한 고통의 순간일지라도 인간에 대한 뜨거운 사랑의 끈도 놓지 않을 것이다.

하와이 이민 110주년을 맞아 나는 내 삶의 편린과 내가 반세기 살아온 땅 하와이의 살가운 이모저모를 담아 이 책을 세상에 내놓는다. 내가 여기까지 오는데 음으로 양으로 도와준 모든 분들께 이 자리를 빌려 깊은 감사의 말씀을 전하며 아울러 아무 탈 없이, 불평불만 없이 잘 자라준 사랑하는 아들 딸과 늘 그림자처럼 곁에서 모든 고난을 감내하며 참고 견디어준 아내에게 고마움을 전하고 싶다. 또한 끝없는 사랑과 인내로 지켜 봐주시는 하나님과 내 사랑하는 이웃에게 이 작은 작품집을 바치고 싶다.

Hawaii Arirang
이민 가는 길 3

초판 1쇄 2014년 10월 31일 펴냄

지은이   이상윤 (李尚倫, Lee sang ryun)
펴낸곳   도서출판 얼레빗
펴낸이   이윤옥
표지그림   이상윤 (李尚倫)
편집디자인 조준배
박은곳   광일인쇄 (02-2277-4941)

등록일자   2010년 5월 28일
등록번호   제000067호
주소   서울시 종로구 새문안로 5가길 3-1 영진빌딩 703호
전화   (02) 733-5027
전송   (02) 733-5028
누리편지   pine9969@hanmail.net
ISBN   979-11-85776-01-9   03810